俺サマ作家に書かせるのがお仕事です！

あさぎ千夜春

SKYHIGH文庫

もくじ

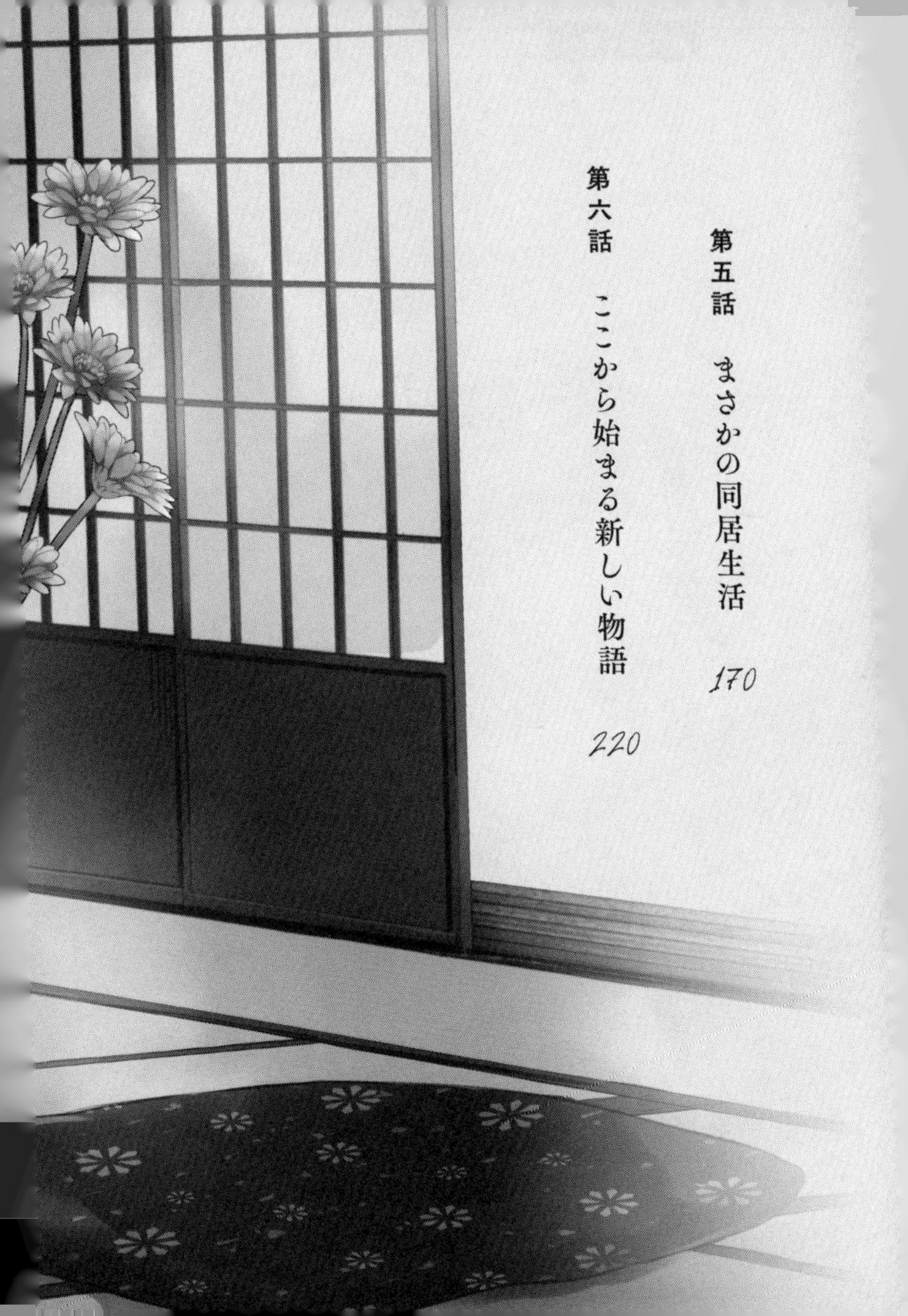

人物紹介
イラスト：氷堂れん
方丈だいふく
大きな白い猫で黄色い目をしている。しっぽはかぎしっぽ。
方丈累《ほうじょう　るい》
25歳。覆面作家。デビュー作がシリーズ累計一千万部の大ヒットになったが、なぜか筆を折る。性格は偏屈だが、ピュアな一面もある。
櫻井真央《さくらい　まお》
23歳。広報編集室の編集。RUIの『マオの旅』の新作が読みたくて一葉物産に入社した。見た目おっとり系だが芯は強い。

正木《まさき》 渚《なぎさ》
麒麟出版の敏腕編集者。三十代前半でクールビューティー。気が強い。
柳澤《やなぎさわ》 進士《しんじ》
35歳。一葉物産の新社長。祖父が作った広報編集室を切り捨てようと画策している。
葛西《かさい》 康文《やすふみ》
59歳。広報編集室の編集長。小柄で性格も穏やか。
井岡《いおか》 侑子《ゆうこ》
真央の先輩編集者。アラフォーでサバサバした性格。食べ盛りの息子がふたりいる母親。

俺サマ作家に書かせるのがお仕事です！

東京都町田市。駅から十五分ほど歩いた住宅街の中にある、少し古めかしい日本家屋の玄関の前で、櫻井《さくらい》真央《まお》は大きなため息をついた。

「はぁぁ……やっぱりいないかぁ……。そうだよねぇ……いきなりだもんねぇ……」

何度かチャイムを鳴らしたが返事はない。真央はいったん諦《あきら》めて、その場から離れ敷地内の広い庭を見回す。

『方丈《ほうじょう》』と書かれた表札は、ずいぶん長く雨風にさらされているようで、墨の色がだいぶ薄れていた。家屋と同じくらい広い庭は手入れが十分とは言いづらく、梅の木が数本あるだけであとは雑草だらけだ。その一方で庭の隅にはこのたたずまいに不似合いな、立派な蔵が立っている。

(なにが入ってるんだろう、あの蔵……って、それどころじゃなかった。とりあえずRU《るい》I先生にお会いできないなら、名刺だけでも置いていかないと)

真央はその場にしゃがみ込み、バッグからボールペンと名刺を取り出す。名刺の表には真央のフルネームと連絡先である『一葉書房《いちはしょぼう》』のアドレスが記載されている。とりあえず裏返した白紙の部分に伝言を残そうとしたところ――。

「にゃあ〜！」

突然白くて大きな塊のようなものが、真央の膝にゴッツンと体当たりをしてきた。

「わあっ……！」

思わず声が出たが、正体を確認して真央は途端に笑顔になる。

「うわー、おっきい猫ちゃんっ！」

真央に額を押し付けてきたのは、なんと大きな白い猫だった。

顔を覗き込むと蜂蜜のように黄色い目と視線がぶつかる。猫は基本的に見知らぬ人と視線を合わせないと聞いたことがあるが、この子は相当人懐っこいらしい。じっと真央を見つめたあと額や首の後ろを、真央の足に熱心にすりつけ始める。

「ふふっ……君のこと撫でていい？」

猫の毛はビロードに似ている。なめらかで温かい。

手のひらを優しく首の後ろから腰まで移動させると、猫はのびのびと体をそらせながら、別の場所を撫でろといわんばかりに、その場にひっくり返った。

「お前、お餅みたいに真っ白できれいだね。骨太でもちもちしてかわいいね～」

真央は名刺とボールペンをバッグに仕舞い、土の上に横たわった猫を両手で撫でる。真央の手つきが気に入ったらしい白猫は、ご機嫌にゴロゴロと喉を鳴らし始めた。

「ああ～癒される……」

猫のゴロゴロ音は、人間のストレスを軽減させる力があると聞いたことがある。

そうやってしばらく、大きな白い猫を両手で撫でまわし、うっとりしていると、背後から低い声が響いた。

「あんた……誰だ」

「ひっ……！」

ビックリして声のしたほうを振り返ると、蔵の前に二十代半ばくらいの青年が立っていた。

身長は百八十センチないくらいだろうか。長身だが少しだけ猫背で、七分丈の大きく首が開いたカットソーと黒のストレッチパンツの上に、カーキ色のロングカーディガンを羽織っている。ほんの少しだけ波打つくせのある黒髪と、同じ色をした少し吊り目気味のくっきりした二重で切れ長の目、そしてすっと通った鼻筋にどこか不機嫌そうな唇。

愛想がいいとはとても思えないが、顔立ちは非常に整っている青年だ。

「失礼しました。一葉書房から来ました、櫻井真央と申しますが……。あの、ＲＵＩ先生は、御在宅でしょうか？」

真央は慌《あわ》てて猫から手を離し立ち上がった。

「一葉書房？」

真央が名乗った瞬間、青年は不機嫌そうな顔を、さらに歪めて眉を吊り上げる。顔が整っている分、迫力があって、真央は一瞬気圧《けお》されそうになった。

「——帰れ」

「はい？」

「帰れ。失せろ。今すぐ俺の目の前から消えろ」

「ええっ⁉」

真央は目的があってここに来たのだ。どこの誰かもわからないイケメンに、帰れと言われても困る。

（初対面の人間に、失せろ消えろって、なんなのこの社会性のない男は！　でもここはＲＵＩ先生のご自宅なわけだから、もしかしたらＲＵＩ先生の息子とか……弟とか……親戚とかかもしれないし！）

なんにしろ、今から仕事を頼みたいと思う人の身内に、失礼があってはいけない。

（我慢、我慢よ、真央！　私は一葉書房の編集者！　ここは一人の社会人として大人の振る舞いをしなければ！）

言い返したい気持ちを必死に押し殺し、バッグから名刺を取り出して青年に差し出す。

「私、ＲＵＩ先生に、新作を書いていただきたくやってきました！　ご挨拶だけでもさせていただけないでしょうか！」

「——」

だが青年は真央が差し出した名刺には一瞥もくれなかった。そのますうっと目をそらし、面倒くさそうに「はぁ……」と息を吐く。

（いやせめて受け取ってよ〜！　ＲＵＩ先生にお仕事を受けていただかないと、私の仕事場がなくなっちゃうの、それは絶対に困るのよ〜っ！）

真央は若干半泣きになりながら、こんな事態に陥《おちい》ってしまった昨日の出来事を思い出していた――。

第一話　二年目編集者・櫻井真央、奮起する

ゴールデンウィークが終わった最初の月曜日。その日は櫻井真央にとって間違いなく幸先のいい月曜日だった。

「今日はありがとうございました！」

スマホに録音した音声データが無事クラウドに保存されたのを確認して、真央はソファーから立ち上がり、跳ねるようにペコッと頭を下げる。

腕時計をちらりと確認すると時計の針は午後二時。この時間までに終わると言っていた約束の時間をかなり過ぎてしまっていた。

（三十分の予定だったのに、めちゃくちゃ盛り上がってしまった……）

パッと顔を上げて「予定より長くなってしまって……ご迷惑おかけしなかったでしょうか」と軽く首をかしげる。

肩に届くほどのさらさらの髪、黒目がちの丸い目は少しばかり垂れ目のせいか、それだけで犬っぽく見える。人に警戒心を持たせない容姿の真央は、職場の同僚たちにはインタ

ビューに向いていると言われるが、自分ではよくわからない。

「いやいや、俺だってインタビューなんて柄じゃないし、三十分で十分だろって思ってたのに、あんたが聞き上手だからさ。おすすめのレシピだとか、思わずたくさんしゃべっちゃったよ！」

照れたように笑う白い半袖《はんそで》作業着の男は、この町の繁華街のど真ん中で営業している、お豆腐屋のご主人だ。歳は真央の父親とそう変わらない。気難しいという前評判とは違い、楽しく話が聞けたように思う。

「記事ができましたらプリントアウトしたものを見本としてお送りしますね。インタビュー記事で気になることがあったら、なんでも言ってください。問題がなければ六月下旬発売の夏号に掲載になりますので」

「おう、雑誌にのるんだな。楽しみにしてるわ」

すっかりご機嫌になった主人に両手いっぱいの豆腐や油揚げを持たされて、真央は小さな豆腐屋の事務所を後にした。今回のインタビューにはカメラマンも同行していたが、先に写真を撮って会社に戻っている。

「いい写真が撮れてるといいな～。ふふふ～ん♪」

ご機嫌な鼻歌がこぼれるが、仕事がうまくいくと足取りも軽くなって当然だろう。私生活のゴタゴタも忘れられそうだ。

つい二か月ほど前、真央は同じ会社の先輩だった彼氏に浮気され、破局したばかりだった。

ちなみに浮気相手も同じ会社で、総務で一番のかわい子ちゃんである。そのことを知ったときは心底へこんだ。せめて社外の人にしてほしかった。

元カレである染谷健人《そめやけんと》のことを思うと、真央の胸の奥は今でもモヤモヤが止まらなくなるのだ。

彼に未練があるわけではない。別れを選んだのは自分だ。

自分たちは結婚しているわけでもないし、将来を約束したわけでもなかった。だが同じ会社というのはなかなか難しい。気を抜いているときに限って社内ですれ違うときもあるし、彼の噂を耳にすることもある。

そうなると真央の心は揺れてしまう。その揺れはどうしようもないものだ。だからそのうち忘れられると自分に言い聞かせて、なんとか日々を乗り越えようと努力している。

(そうよ、今の私には仕事があるんだからね！　恋愛なんかどうでもいいしっ！)

真央は脳内から染谷のことを追い出して、スマホを手に取る。

【インタビュー、終わりました。私も社に戻ります】

社内のグループチャットにメッセージを送って、真央は駆け足で駅へと向かった。

ちょうど来た電車に滑り込み空いた席に腰を下ろす。仕事柄か、意識してなくても車内の週刊誌の中吊り広告が目に入る。

「日本の三十代社長」という見出しとずらりと並ぶ社名の中に、一葉物産《いちはぶっさん》の名前を発見した。

真央が勤める一葉物産は、医薬品や化粧品、日用雑貨などを主に扱う中堅商社だ。創業は明治三十年の老舗企業である。新しい社長は前社長の孫で、海外駐在経験もあるT大卒のエリート銀行マンだったが、祖父たっての願いで去年の九月に社長に就任したという。

（おっかない顔してた気がするけど……三十代だったんだ）

顔を思い出そうとしたが、うまくイメージできない。背が高くやたら威圧的な眼鏡《めがね》男だった気がする。

ちなみに真央は入社二年目、一葉物産の広報編集室で働いている。社内報や企業資料の保存業務全般以外にも、年に四回発行のＰＲ誌や、インタビュー記事をまとめたビジネス書を『一葉書房』の名前で発行している。

流通事業がメインの一葉物産の中では、少し特殊な部署だ。ちなみにＰＲ誌内のインタビューも、いずれ一冊のビジネス書としてまとめられる予定である。

（まぁ、社長なんて直接話す機会もないし）

すぐにどうでもよくなって、真央は膝の上にのせているバッグの中から２００ページ程度の単行本を取り出した。

えんじ色の表紙の真ん中に金色の額縁が描かれ、とんがり帽子をかぶった旅装束の少年の後ろ姿が描かれている。表紙に書かれたタイトルは『マオの旅』。作者はＲＵＩ、発売元は「一葉書房」。十年前に発売された児童書だ。

今でいうところの、日帰り異世界モノとでもいうのだろうか。東京の外れの町に住む少年マオが、町中いたるところにあるいろんな扉から異世界へと旅立ち、剣と魔法の大冒険を繰り広げながらも、夜には必ず扉をくぐって自分の家に帰るというファンタジー小説である。

真央は十年前から、自分と同じ名前を持つ少年主人公の冒険ストーリーを、心から愛していて、いつでもどこでも読めるように、単行本を持ち歩くくらいの大ファンだった。

（今日はどこから読もうかな？）

儀式のように表紙をそっと撫でて、適当なページを開く。鼻先にふるいインクのにおいがする。視線で文字を追うと、真央はいつでもどこでも本の世界へと飛び込める。

（何度読んでも面白いけど……続きが読めたらなぁ……）

この十年でシリーズは累計一千万部まで部数を伸ばしているが、もともとは素人のＷＥＢ小説だ。誰に宣伝するわけでもなく、自分のブログで細々と物語を書き続けていたＲＵＩを見出したのは、現在は引退した一葉物産の前社長だった。

たまたまネットサーフィン中に目にした『マオの旅』に一方的に惚れ込んで、なんとこの作品のためだけに「一葉書房」を立ち上げた。社長の道楽がベストセラーを生んだという、稀有《けう》な例だった。

だがRUIは『マオの旅』シリーズ全五巻を刊行した後、二度と筆を取ることはなかった。最終巻の五巻は新たな旅立ちを意識させる終わり方で、回収されていない伏線も多数あることから、熱心なファンの間では、『マオの旅』は未完というのが定説だ。

あくまでも都市伝説ではあるが、過去何度もアニメ化や映画化の話があったらしい。それも全部断っているRUIが、今どこでなにをしているのか、誰も知らない。

これから先もきっと、続編は出ないのだろう。

けれど十年経《た》った今でも、真央は物語の続きを諦めきれないでいた。

一葉物産本社ビルは東京駅から徒歩五分、東京メトロ京橋駅から徒歩三分の場所にある。一階のエントランスは、スーツ姿の男女がいつも忙しそうに行き交っている。

一葉物産の十二階、総務部のあるフロアの一番端のドアが「広報編集室」だ。ドアには付け足されたように、「一葉書房」と書かれた小さなプラスティックの板が、打ち付けられているが、劣化して今にも外れそうな気配がある。

「ただいま戻りましたー！　お土産いただきましたよ！」

真央は元気よくドアを開けて部屋の中を見回す。だが五つあるデスクはひとつしか埋まっていなかった。

「あれ、井岡《いおか》さんだけ？」

自分たちのデスクとは別に、「編集長」と札が立ったデスクがひとつあり、広い部屋を区切るように、書籍や雑誌がぎっちりと詰まった書架がいくつか並び、窓際にはファックスが三つ並んでいる。

「おかえりー。葛西《かさい》編集長はなんか上のほうから呼び出しだって。写真データ見たけど、いいのが撮れたみたいね。インタビューも手ごたえあったんじゃない？」

先輩の井岡は赤ペンをくるくると指で回しつつ、手元の原稿から顔を上げた。どうやら来月発行される予定の、社内報の原稿をチェックしていたらしい。

社員は編集長である葛西康文《かさいやすふみ》と井岡侑子《いおかゆうこ》、そして真央の三人だけだ。その他雑務をこなしてもらうためのアルバイトで、中野恵美《なかのえみ》という女の子がひとりいるが、時間になったので帰ったのだろう。

「そっかぁ……じゃあこれ、お土産にいただいたので、井岡さん持って帰ってください」

持っていたビニール袋を自分のデスクの上に置く。

「わー、油揚げ、いい匂い！　あたしまでもらっていいの？　うちの子たち、すっごい油揚げ好きなんだよね～」

井岡が目を輝かせながら、ビニールの中を覗き込む。

井岡は歳《とし》はアラフォー、中学生と小学生という食べ盛りの息子がふたりいて、毎月の食費が大変だとよく笑っている。いつもはバリバリのキャリアウーマンの顔をしている井岡だが、こういうときはよき肝っ玉母さんの顔になる。

「お金を払うって言ったんですけど、受け取ってもらえなくて。とりあえず今からお礼状を書こうかと」

真央は椅子に座って引き出しを開ける。引き出しの中には、季節に合わせたカードやレターセットが入っていた。インタビューを受けてもらった人には、必ず手紙を出すことにしているのだ。

「櫻井ちゃんはそういうとこがマメでえらいよね～……。今回だってインタビュー決まったら、こっそり買いに行ってお豆腐食べてたでしょ」

「それは私が、実際に食べてみないと、どうインタビューするか切っ掛けがつかめないからで、マメとかじゃないですよ。あ……豆腐なだけに？」

「ふふっ……櫻井ちゃんはそういうの、当たり前だってやるからえらいんだよ。じゃあ冷蔵庫入れておくね」

まじめに首をかしげる真央を笑って、井岡は冷蔵庫にビニール袋ごと豆腐と油揚げを仕舞った。

「さて……」

ただいまの季節は春。五月だ。少し考えて、春らしいアヤメが描かれたハガキを取り出してペンをとる。

貴重なお時間を使ってお話を聞かせていただいたこと、仕事ではあるけれどそれ以上に楽しい時間を過ごさせていただいたことへの感謝など、丁寧に言葉を書き連ねていく。

「――できた」

宛先を書き、切手を貼って完成だ。本社の目の前にポストがあるので、帰りにでも投函しよう。

「はい、コーヒー」

井岡がタイミングよく、真央のデスクの上にマグカップとチョコレートをのせた小皿を置く。

「ありがとうございます！」

真央はコーヒーを飲み、チョコを口に入れてうっとりと目を閉じる。じわじわと糖が脳に補給されていく気がして、気分が仕事モードへと変わっていく。

「さて、やるかー！」

真央はぱちんと頬《ほお》を手のひらで叩き、録音データを文字に起こすための準備を始めた。

「向こうで作業してますね」

井岡に声をかけた後、真央はタブレットとスマホを持って、書架で区切った向こうにある作業スペースへと移動した。長机をふたつ合わせただけの簡素なスペースだが、間に書架をいくつか挟むだけで驚くほど静かになるものだ。

真央はスマホにつないだイヤホンを耳に差し、タブレットを立ち上げる。

かつてインタビューのテープ起こしといえば、レコーダーに録音したものを耳で聞きながら、テキストとして文字を打ち込んでいた。だが耳で聞きながら打ち込む作業は、一時間のインタビューなら倍以上の時間がかかってしまうものだ。

今はスマホに録音したデータをイヤホンで聞きながら、それを自分で読み上げてタブレットの音声認識でドキュメントに保存する方法で、インタビュー時間とそう変わらない時間でテキストを書き起こすことができる。

自分で読み上げる必要があるので、周囲への配慮として自分のデスクではできないことが難点でもあるのだが、これればかりは仕方ないだろう。

真央は再生ボタンを押して聞き取った声を、タブレットへと話しかけ始める。

『――普段のお仕事、一日のおおまかな流れを教えてください』

音声入力の精度を高めるためにハキハキと話す。自分の声を初めて聴いたときはなんだか不思議な心持ちになったが、三か月前からひとりでインタビュー仕事をまかされてからは慣れたものだ。

（このお話、すごく面白かったから……いい記事になるといいな）

そうやって一時間強のインタビューをテキストに起こし終えたところで、ガチャリとドアが開き、ぼそぼそと話し声が聞こえた。編集長が帰ってきたのだろうか。

「おかえりなさい編集長、冷蔵庫にお土産がありますよー！」

パイプ椅子から立ち上がり、デスクへと戻りかけた真央は、そこで言葉を失った。

本来編集長が座るべきデスクの椅子に、グレーのスーツを着た長身の男が、ポケットに手を入れてふんぞり返っていたのだ。

（だ……誰……！）

書架の奥から出てきて、きょとんと目を丸くし立ち尽くす真央に、井岡がささっと近づいてきて耳元でささやく。

「櫻井ちゃん、ぼーっとしないっ、社長だよっ……」

「えっ、社長⁉」

驚いて大きな声で叫んでしまっていた。失敗したと慌てて口を押さえたが、もう遅い。

「ほう……社長の顔も知らん社員がいるとはな」

男は低い声で笑うと、椅子から立ち上がってツカツカと真央の前まで歩み寄り、胸元から出した名刺を一枚、真央に差し出した。社長が自分の顔を知らない社員に名刺を渡すなど、イヤミ以外のなにものでもないのだが、書店営業もやる真央は、ついとっさにそれを受け取ってしまった。

「あっ……ありがとうございます……」

失敗したと思ったがもう遅い。指先、足先がひんやりと冷たくなっていくのがわかる。

顔を上げる勇気もなく、名刺を凝視するしかない。

そこには『一葉物産　取締役社長　柳澤進士《やなぎさわしんじ》』とあった。

(柳澤さん……。前社長の孫って聞いてたけど、苗字が違うってことは母方ってことなのかな)

顔どころか名前すら憶えていなかった自分に呆《あき》れながら、ピカピカに磨き上げられた柳澤の靴のつま先から上へ、視線をゆっくりと上げる。

身長は百八十センチを超えているのではないだろうか。堅物を絵に描いたらこうなりますといわんばかりの鉄面皮で、メタルフレームの眼鏡の下のすっきりとした一重は、よく切れる刀を連想させる。

顔立ちもスタイルも端整だが、スーツ姿の彼は、見下ろされるだけでヒエッと声をあげたくなるような独特の迫力があった。

「あの……ところで社長がわざわざここに来られたのは……?」

真央はここで働きたいという気持ちがあり、望みの部署に配属してもらったが、広報編集室は花形部署とは言いづらく、むしろ日陰の存在扱いされている。

彼が社長に就任してから半年以上経つのに、なぜ今になって広報編集室に姿を現したのだろう。そういえば編集長が上に呼ばれたと井岡が言っていたが、関係しているのだろうか。

真央は胸の奥に、どこか不安な気持ちを抱えながら問いかけた。

「広報編集室を……正確に言えば『一葉書房』を九月に閉めると伝えに来た」

柳澤はさらりと言って、眼鏡の奥の目を冷たく細める。

「えっ……？」

「諸経費と採算を考えれば今の時代、紙のＰＲ誌は無駄だ。今後はＷＥＢにする。お前たちは全員広報部に移動だ。首というわけじゃない、安心していいと言ってやるために、わざわざ私がここに来たんだ。どうだ、理解できたか」

「まっ、待ってくださいっ！」

聞き捨てならない情報を耳にして、真央は目の前が真っ白になる。

上から目線を隠さない、社長への緊張はすでに吹っ飛んでいた。真央は柳澤に詰め寄る。

「あ、あの、ＰＲ誌のＷＥＢ移行はわかります。大手出版社さんだって、次々にＷＥＢに変わってるし……時代の流れだからしかたないかもしれないです。で、でも、一葉書房を閉めるってどういうことですか？『マオの旅』はどうするんですか⁉ あれはいまだに書店さんから客注が来る、シリーズ累計一千万部の大ベストセラーですよ！ 一葉書房を閉めちゃったらそれはもう損失ですし、ＰＲ誌をなくすどころではないはずですっ！」

ＰＲ誌はいずれなくなるだろうというのは、真央たちも以前から予測していた。紙の雑誌がなくなるのは寂しいが、ビジネス書を買う購読層を考えれば、ＷＥＢのほうがより広く読者に届くだろう。

だが『マオの旅』はそうではない。一葉書房を立ち上げるきっかけになった児童書で、大事な本だ。

「なのに、一葉書房をなくすなんて……」

真央は唇を震わせながらきつく柳澤を見据える。そんな真央の視線を受けても、柳澤はあっけらかんとしたものだった。

「だから版権を売る」

「え？」

「出版社はこれから探すが、いまだに客注が途切れない児童書だというなら欲しいところはいくらでもあるだろう。すぐに売れるさ。ＲＵＩだって大手出版社から出しなおしてもらうとなれば、損はない」

柳澤は背後の編集長のデスクにもたれるように体を預けると、はっきりと真央を見つめて言い放った。

「『マオの旅』は過去の遺産だ。祖父の道楽がたまたま当たっただけ。私の時代ではもう必要ない」

過去の遺産――。

真央は頭を殴られたようなショックを受けた。あまりの衝撃に胸の奥が締め付けられて、息がうまくできなくなる。

もちろん真央だって、出版社を変えて新たに発行されるものが、悪いと言いたいわけではない。ただ一葉書房の『マオの旅』が、自分にとって唯一無二の宝物なのだ。

「いっ……いやですっ……」

気がつけば口がなによりも先に動いていた。

「は?」

「一葉書房の『マオの旅』は過去の遺産じゃありません!」

柳澤が眼鏡の奥の目を見開く。それも当然だろう。一社員でしかない真央がここまで社長の決定に「いやだ」と言い返してくるなど、考えもしなかったに違いない。

「どうしたら一葉書房を残してもらえますか!」

「なぜそこまで一葉書房にこだわる。君はまず一葉物産の社員だろう」

柳澤は怪訝そうに眉を寄せた。

「そうですけど……でも私は一葉書房に入りたくて……『マオの旅』の続きを出したくて、一葉物産を受けたんです」

就職活動の最終試験は、前社長と一対一の面接だった。そこで真央はこの十年、いかに自分が一葉書房から発行された『マオの旅』を愛してきたのか、人生の指針としてきたのかを切々と語り、この一葉書房に配属された経緯がある。

（そう……私、本当は『マオの旅』の続きを出したかったんだ）

研修を終え念願の広報編集室に配属された真央は、当然その希望を口にした。だが編集長や同僚にも、「それは無理だ」と本気に取ってはもらえなかったのだ。

必死の真央に向かって、柳澤は馬鹿《ばか》にしたようにふっと鼻で笑う。

「ＲＵＩは稼ぐだけ稼いでやめたんだ。今更十年前に終わった作品の続きを出すはずがない」

そして、誰もが柳澤と同じことを言うのだ。

無理だと、ＲＵＩが新作を書くはずがないと決めつける。

（でも本当にそうなの？）

真央は首を振った。

「お金ってそんなに大事でしょうか！　私はＲＵＩが……お金を稼いだからもう書かないなんて……信じられないんです！」

根拠はなんだと言われたら、真央だってはっきりと答えられない。ただ『マオの旅』は未完だ。きっとＲＵＩが思い描いた続きがあるはずだ。

あれほどの物語を書いた人が、続きを考えていたものを書かずにいられるものなのだろうか。

真央はどうしてもその可能性を捨てきれなかった。

「金は二の次だと言いたいのか。余裕のある人間の戯言《ざれごと》だな」

柳澤の声が一段低くなる。なにが彼の機嫌を損《そこ》ねたのかわからないが、真央も負けてはいられない。

「不要とは言ってません。ただお金を持ってるからもう書かないっていうのは、理由にはならないかもしれないって言いたいんです！」

真央は背の高い柳澤を見上げて、首を振った。

「——勝算は？」

柳澤が問う。

「ないけど作ります！」

間髪入れずに真央は答えた。その瞬間、明らかに柳澤は呆れたようだったが、真央はそれでも目に力を込めて柳澤を見返す。

確かに仕事ができる人たちから見れば、ばかばかしい確率かもしれないが、幸い自分は社会人二年目だ。失敗して笑われたとしても失うものはない。

「そもそもＲＵＩが書かない理由だって、一葉書房にいる人間は誰も知らないんですよ……絶対書かないなんて、言い切れないと思います！」

真央はぎゅっとこぶしを握って、唇をかみしめた。

もう社長が怖いなんて思っている暇はなかった。まっすぐに柳澤を見上げる。

その視線に、柳澤は戸惑うように瞬《まばた》きをした後、ふと何かを考えこむように目を伏せた。

沈黙が流れたのはほんの数秒。おそらく十秒にも満たない時間だっただろう。

ふと思いついたように、柳澤は中指で眼鏡を押し上げながらニヤリと不敵な笑みを浮かべた。

「わかった。だったら……RUIに新作を書かせる確約を取ってきたら、すべてを考え直そう」

「え……？」

「RUIの新作が出せるなら、版権を他社に売るのは惜しい。むしろ新作を売るために大型プロジェクトを立ち上げてもいい。金になる」

薄い唇の端をニヤリと持ち上げて、柳澤は真央を見下ろした。

「期限は一か月。それまでにRUIに『一葉書房から続きを出す』と言わせたら、お前の勝ちだ。一葉書房は残すことにする」

「いっ……一か月っ⁉」

首の皮一枚が繋《つな》がったようだがとんでもない。それはある意味死刑宣告だ。

（ちょっと待って、一か月でなにができるって言うのよ！）

茫然とする真央だが、柳澤は決意したようだ。腕時計に目を落とし、形のいい眉を寄せると軽くため息をつく。

「ああ……しゃべりすぎたな。会議の時間だ。もう行くぞ」

「ちょっ、あ、あのっ……待ってくださいっ、一か月ってそんな無茶苦茶な……！」

「ここまで食い下がったんだ、やってみせろ」

唇に皮肉っぽい笑みを浮かべた彼はくるりと体をひるがえし、茫然とする真央などもう目に入らないといわんばかりに、さっそうと広報編集室を出て行ってしまった。

残された場はしんと静まりかえる。

「……櫻井ちゃん、大丈夫？」

事の成り行きを不安そうに見守っていた井岡が、気遣うような声で肩に手をのせた。

「ええ……でも、期待なんて絶対してないですよね。あの顔……はぁ……どうしよう」

そう、柳澤は期待などしていない。真央が十年書かなかった作家に書かせることなど、できるはずがないと思っているのだ。

（九月で一葉書房がなくなる……なくしたくなければＲＵＩに書いてもらうしかない……でも十年書かなかった作家に、たった一か月で書く約束をもらうって……私が……？）

そんなことが可能なのだろうか。いや、考えるまでもない。可能性はかなり低いだろう。想像しただけで眩暈《めまい》がしてくる。

両手で顔を覆《おお》ったところで、
「櫻井さん、さっきのあれ、本気でやるつもりかい？」
と、優しげな声がすぐ近くから聞こえてきた。
至近距離のウィスパーボイスに真央は飛び上がらんばかりに驚いて、数歩後ずさってい
た。
「うわあっ、葛西編集長、いたんですかっ！　いつから⁉」
「いたよぉ～……最初から。社長と一緒にこの部屋に入ってきてたよ……」
葛西の、開いてるんだか開いてないんだかわからない糸目の目じりが、しょんぼりと下
がる。
（マジですか……）
真央はちょっぴり申し訳なく思いながら、影の薄い編集長を見つめる。
柔和な顔立ちの葛西編集長は御年五十九歳。一見痩せて気弱そうな小柄なおじさんだが、
中身も見た目通りで基本穏やかな男性である。井岡と真央の間に挟まれてもうまくやって
いけるのは本人の気質なのだろう。実際彼は、妻と三人の娘、そしてトイプードルの女の
子に囲まれた、女系一家の大黒柱らしい。
「いや、まさか最初からいらっしゃったとは……すみません。あまりにも社長の圧がすご
くてですね、その……気づきませんでした」

「いや櫻井ちゃん、それ全然謝ってるように聞こえないって」

井岡がプッと噴き出したかと思ったら、ケラケラと笑い始める。

「えっ……」

「そうだね……まぁ、どこにいても気づかれない僕が悪いんだけどね……はぁ」

がっくりと肩を落とす葛西に、真央はアワアワしながらも「すみません、すみません！」と必死に頭を下げるしかない。だが笑う井岡と落ち込む葛西、ペコペコと頭を下げる真央の三人が織りなす不思議な空気に、部屋の中の空気が少しだけ和らいでいく。

「ちょっとお茶でも飲んで落ち着こうか～」

葛西ののんびりした一言に全員がうなずいた。

「そうですね」

真央もそれには賛成だ。とりあえずお茶を淹れて各々が椅子に座った。

「――その……まずは勝手なことを言って、すみませんでしたっ！」

真央はデスクに額がくっつきそうなくらい、深々と頭を下げる。

一葉書房は自分のものではない。葛西や井岡にだってそれぞれ考えはあるだろう。なのに勝手に潰してくれるなと社長に直談判してしまったのだ。

（ほんと私……頭に血がのぼってた……）

幼いころから、ボーッとしてるとかのんびりしてるとか言われがちな真央だが、たまにこういうことがある。

「社会人失格ですよね……すみません……」

泣きそうになりながらそう口にしたところで、「なに言ってんの～」と井岡が首を振った。

「櫻井ちゃんの抵抗、見ててちょっと嬉しかったよ」

「え……？」

想像してなかった井岡の言葉に真央は驚いて顔を上げる。井岡はそんな真央のきょとん顔を見てさらににっこり微笑《ほほえ》んだ。

「社会に出て二十年も経つとさ、突然部署がなくなるとかそのせいで異動になるとかそういうこと何度もあって、ほかにやりようがあったんじゃないかって思っても、わざわざ口に出さなくなるのよね。自分一人があーだこーだ言ってもなにも変わらないんじゃないかって……諦めちゃうっていうか。流されるだけっていうか。まぁお給料もらえたらいいかって、納得しちゃうというか……」

井岡はコーヒーが入ったマグカップに口をつけたあと、ふうっと息を吐く。

「だから櫻井ちゃんが社長に言い返すの見てちょっとドキドキした。あたしたちでもまだやれることがあるんじゃないかって思えたんだ。ね、あたしだってここが好きだよ。一葉書房をなくしてほしくない。だから……やれるだけやってみてもいいんじゃないかな。もちろんあたしは全面的に協力するよ」

そして井岡は目に強い光を宿して、黙って話を聞いている葛西に視線を向けた。

「今のはあたしの意見。で、責任者であらせられる編集長はどう思います？」

「そうだねぇ。僕だってさぁ、今更新しい部署なんて辛すぎるし……ねぇ？　そもそも定年前に異動なんてしたくないよ～……」

おっとりした葛西は湯呑でお茶をすすりながら、しみじみと息を吐いた。

「あたしの先輩っぽい発言を台無しにするような発言ですねっ！」

「あはは……ごめんごめん」

葛西は広い額をぺちぺちと手のひらで叩きながら、照れたように笑う。

「でも、僕だってここが好きだからね。定年はここで迎えたいって本気で思ってるよ。なくなるなんて寂しい。櫻井君が頑張ってくれるなら、そりゃありがたいさぁ」

「井岡さん……葛西さん」

編集長の保身じみた発言は、おそらく自分を気遣って、励ますために言ってくれたものなのだろう。ふたりの気遣いを嬉しく思うと同時に、自分が口を滑らせてしまったことはいえ、部署の存続をかけて社長と約束をしたのだ。冗談ではすまされないし、後戻りもできない。

真央はキリッと表情を引き締めて、ふたりを見つめる。

「もう……やるしかないですよね。私、頑張ります」

そう、やるしかないのだ。口に出すとふつふつと闘志がみなぎってきた。

真央はすっくと立ちあがってこぶしを握り、それをグイッと天井に突き出す。

「一か月でＲＵＩ先生に『マオの旅』の続きを書いてもらう約束、取り付けてみせます！」

高らかに響く真央の声が、広報編集室に響き渡ったのだった。


火曜日の朝一番、社員の三人がそろった段階で、真央は打ちひしがれる。

「昨日の今日で情けないんですが……ＲＵＩ先生の連絡先がわかりません……」

社長に啖呵《たんか》を切った月曜日の午後、ではさっそく明日からＲＵＩに対してアクションを取ろうという話になったのだが、驚くべきことにＲＵＩの個人情報が、どこを探しても見つからない。

「当時の担当編集さんはどちらに？」

「あたしは五年前からの中途だから知らないけど……葛西さんは立ち上げからいらっしゃったでしょう。ご存じないです？」

「担当編集ね。知ってはいるんだけど、井岡さんと入れ違いで五年前に辞めちゃってるし、今は結婚して旦那さんの仕事の都合で九州に行ったはずだよ」

「連絡取れますか？」

真央の問いに、葛西は「う〜ん」と唸《うな》りながら顎の下を撫でる。

「探せば年賀状の一枚くらい出てくるとは思うけど……。ただ彼女に聞いてもＲＵＩ先生のことはわからないと思うなぁ」

「なぜですか？」

真央は首をひねる。

「担当っていっても、彼女はＲＵＩ先生に会ったことがないし、声すら聞いたことないいんだよ」

「えっ……えええっ⁉　担当なのに電話すらしたことなかったんですか！」

衝撃の真実に、思わず耳を疑った。

地方出身の作家とは、会わずにメールや電話だけという関係は珍しくない。だが電話もしたことがないというのはどういうことだろう。

真央自身、ビジネス書、しかも井岡のアシスタントしか経験がないので、こうだとは決めつけられないが、編集が作家にノータッチと聞けば違和感しかない。

「ＲＵＩ先生は前社長に熱心に口説かれて『マオの旅』を出版した特殊な例だったんだよ。

書籍にするために誤字脱字をチェックする校正と、内容に矛盾がないかチェックする校閲を入れただけで、内容はWEBに上げていたほぼそのままなんだ。だから当時の担当編集はあくまでも事務的な手続きをする係で、作品にはノータッチだった。そして僕も名目上とりあえずの編集長になっただけで、最初の数か月は総務部と兼務してたくらいだし。もちろんRUI先生との面識はないよ」

「そうだったんですか……」

真央はがっくりと肩を落としかけたが、壁際のFAXがピーゴロゴロと鳴る音を聞いてはっとした。

一葉書房のFAXの主な使い道は、書店から届く『マオの旅』の客注である。客注というのは、書店にお客様から入る取り寄せの注文のことだ。それは『マオの旅』が今でもなお売れ続けているという証拠でもあるのだが――。

「そうですよ、印税！　今でもRUI先生には印税が振り込まれてますよね！　だったら住所氏名電話番号がわかるじゃないですか！」

我ながら名案だと思った真央は目をキラキラさせたが、それを聞いて井岡が軽く首を振る。

「うちの経理が教えると思う？　超大事な個人情報だよ。コンプライアンスの観点からして、今は書いてない作家に連絡取りたいから、情報閲覧させてなんて言っても、通らないよ」

「うっ……確かに……」

印税を振り込む先の個人情報の使い道は、印税を振り込むためだけに使われるものだ。

「ああ～どうしよ～……」

ＲＵＩに新作を頼むはずが、説得以前にまず本人にたどり着けないとは思わなかった。

真央は椅子の背もたれにもたれたまま、天井をムムムとにらみつける。

「うちの会社にＲＵＩを知ってる人はいないのかなぁ……」

「だから、前社長がいるじゃないか」

葛西の間延びした声が、井岡と真央の間に割って入った。

「え？」

ひょっこりと上半身を起こすと、葛西が真央を見てにっこりと糸目で笑う。

「編集部に届くファンレターは、前社長の家にまとめて送ってる。前社長宅から転送してるらしいよ。なんでそんなことになったのかは知らないけどね。だったら住所を知ってるはずだ」

それを聞いて井岡がパチパチと手を叩く。

「なるほど！　葛西編集長、珍しく冴えてるじゃない！」

「井岡さん……やっぱり褒めてないねぇ～」

漫才コンビのように言い合う葛西と井岡を横目に見ながら、真央はデスクに手を突いてすっくと立ちあがった。

「そうですね、よし、社長にまず連絡をしてみます！」

「社長じゃなくて、『前』社長ね。今は相談役になってるけど、基本的には会社のことにはノータッチってことを忘れないように」

要するに絶対にＯＫがもらえるわけではない、と言いたいのだろう。

「はいっ！」

だがとりあえず目標ができたことで、真央は目の前が開けた気がした。相談役の連絡先なら社内ＤＢで確認できる。真央はスリープ状態のパソコンを起動させる。

まずはメールだ。今は一分一秒が惜しかった。


個人商店が立ち並ぶ、昔ながらの下町にある地上六階建てのマンションの最上階が、前社長である葉山道彦《はやまみちひこ》の自宅だった。マンションオーナーらしく、最上階ワンフロアすべてが葉山家らしい。

「ようこそ、いらっしゃい」

壁には大きな洋画が飾られ、高そうなアンティークの小物が並ぶリビングルームの立派な革張りのソファーに、緊張して座っていた真央は、その声に立ち上がった。

「突然ご連絡して申し訳ありませんでした」

真央は葉山に向かって頭を下げる。

彼は柳澤進士の祖父だが見た目はあまり似ていない。年は八十歳に近いはずだ。着慣れた感じのブルーのコットンシャツにカーディガンを羽織っていてとても若々しい、どこから見ても、素敵なロマンスグレーのジェントルマンである。

真央が『RUI先生に、新作を書いていただきたいと思っている。会ってお話をさせていただきたい』とメールをしてから数時間後、葉山から『自宅で話をしましょう』と住所を記載した返事が届いた。井岡と葛西は「すぐに行きなさい」と送り出してくれて、真央はここにいるというわけだ。

「いいんだよ。妻が出かけたばかりで、私が淹れたお茶で申し訳ないんだが」

ははは、と笑いながら、テーブルの上に緑茶が入った湯呑が置かれる。

「で、これは君が持ってきてくれた桜餅だ。最終面接のときに、私が好きだと言ったのを覚えていてくれたのかな」

お茶の隣に、真央がお土産で買った桜餅が添えられた。

葉山はニコニコと微笑んでいるが、真央は目を丸くする。

確かに最終面接のとき、真央は自分の好きな『マオの旅』のことを語った。むしろそれしか語っていない。真央にとっては記憶に残る時間だったが、まさか葉山が真央のことを覚えてくれていたとは思わなかった。

穏やかに微笑む葉山の言葉に、真央は驚きながらも背筋が伸びる。

「社長こそ私のことを覚えてくださっていたんですか！　もうずっと前のことなのに……って、あっ、すみません……」

葛西にも言われていたのについ口に出してしまう。

「うん。私はもう社長じゃないからね。葉山と呼んでください」

「――はい」

やはり去年の九月にやってきた新社長は、おそらく自分にとって少し遠い存在なのだろう。だが失礼なことには変わらない。次は間違わないようにしなければと、気を引き締める。

「社長が一葉書房をなくすと決めたことですが、葉山さんは了承されたんですか？」

「私は引退した身だからね。彼がわざわざ連絡をよこしてきたけれど、社長である君が思うようにすればいいと返事をしたよ」

葉山は穏やかに微笑んで、湯呑に口をつける。

その様子から不満は感じられない。きっと葉山の中で、すでに折り合いがついている出来事なのだろう。

「――そう、ですか」

本当は心のどこかで、もしかしたら一葉書房がなくなることを葉山は知らなくて、そのことを知れば、すべてをひっくり返してくれるのではないかと思っていた。

(甘いな……私。ここまで来て、誰かになんとかしてもらおうなんて)

真央はぎゅっと膝の上でこぶしを握り締めた後、湯呑に口をつけてから話を切り出した。

「メールにも書きましたが、RUI先生に新作を書いてもらうために連絡先を知りたいんです。ご存じであれば教えていただけないでしょうか」

「君は入社試験のときも、RUIの新作を読みたいんだと熱心に語っていたね」

葉山はゆっくりと桜餅を切り分けて口に運び、お茶を飲む。

「はい。単純なんですけど、一葉書房に入ればチャンスがあるんじゃないかって思ったんです」

だが念願の一葉書房に配属されても、RUIの新作を読む機会は訪れなかった。それどころかRUIがどこの誰なのか、存在すらわからない。真央は苦笑して目を伏せる。

「都市伝説では、実はRUIは一葉書房の社員だったとか、本当は社長が書いたんだとか、いろいろあったんですけど……どれも違っていて。本当に十年前に五巻を出版してそれっきりだったってことがわかって……もう読めないって思うと、すごく残念でした」

そこで真央は顔を上げる。

「私、いろんな分野の一線で働く人のお話を聞くのも、同僚たちと戦略立ててビジネス書を作る仕事も楽しいと思ってやっています。難しいけれどやりがいもあります。でも……」

「諦めきれない？」

本心を突く葉山の言葉に、真央は深くうなずいた。

『マオの旅』の続編を出す。自分だけでなく、『マオの旅』を愛し続けている多くの読者に、届けたい。そう思うとやはり力が入ってしまう。

「一か月しか猶予《ゆうよ》はありませんが、できることはやってみたいんです」

「──そうかい。ところで君はＲＵＩがどんな人だと思う？」

葉山は唐突に真央に尋ねる。

この場でＲＵＩの人物像を聞かれるとは思わなかったが、ふと葉山との最終面接の場面を思い出して、真央はソファーの上で自然と背筋が伸びる思いがした。

「そのことについて、今までたくさん想像してきました。『マオの旅』は子供のための児童書ですから、やっぱり年相応のお父さんか、お母さん……。もしくは、結婚していなくても、学校の先生とか、そういう立場の人かなって、思っていました。でも今思うと、自分が夢中で読んでいたときは、全然違うことを考えていたんです」

「ふむ……」

葉山が興味を持ったのか、少し目を細めて真央を見つめた。真央はその意味深な眼差しの意味には気づかないまま、素直に言葉を続ける。

「大人が子供のためを思って書いたお話っていう感じじゃなくて、これは私のための物語だって……もっとリアルな、お話を聞いているだけでワクワクできる、自分のお友達のお話なんだって思っていたんです。だからRUIもきっと……子供の心を忘れていない、そういう大人だったんじゃないかなって。そして今もあの物語を続けられる気持ちを持っているんじゃないかって。勝手かもしれませんが、信じているんです」

正直自分の言っていることはまるで見当違いかもしれない。だがそれは真央の心からの言葉だった。

「……」

「葉山さん？」

彼が優しい目で自分を見ていることにようやく気づいて、真央は首をかしげた。

すると彼はどこかホッしたように笑ってさらに目じりを下げると、胸元のポケットから一枚の紙を取り出し真央に差し出した。

「これは？」

受け取ってメモを開くと、そこには東京都内の住所が書かれているではないか。

「あ……！」

夢じゃないかと驚いてメモから顔を上げると、葉山は軽く肩をすくめる。

「あくまでも住所を渡すだけだよ。ＲＵＩとの交渉は君の仕事だ。これ以上の手助けはしない」

「はいっ……はいっ……住所をいただけただけで十分です、本当にありがとうございます！」

真央は弾かれるようにソファーから立ち上がり深々と頭を下げると、バッグをつかんで立ち上がった。

「さっそく行ってみます！」

「えっ、今からかい？」

それまで余裕のある微笑みを浮かべていた葉山は、驚いたように目を丸くする。

「はいっ、お会いできなくても、とりあえずお手紙くらいは残せると思うので！」

真央は「本当にありがとうございました！」と元気よく頭を下げ、そのまま勢いよく葉山家の玄関を飛び出していく。

「さて、どうなるものかねぇ……」

苦笑しながら見送った葉山は、それでもどこか晴れやかな顔をしていた。

そういった紆余曲折があったうえで真央は直接町田市へと向かい、葉山にもらったＲＵＩの住所にやってきて、謎のイケメンにけんもほろろに突き放されている。

「――帰れ」

「はい？」

「聞こえなかったのか？　帰れ。失せろ。今すぐ俺の目の前から消えろ」

妙にいい声でキッパリと拒絶されて、真央は一瞬口ごもる。

（まぁね、こういうの想像してなかったわけじゃない……。けど、絶対に諦めるわけにはいかないんです！）

真央は勇気を振り絞る。

「あの……突然押しかけて申し訳ありません。ですが……」

「なあああ‼」

「ひっ……⁉」

足元から突然大きな声がして、驚いて見下ろすと、白猫が大きく伸びあがって真央の太ももに手を伸ばしていた。今まで無視していたことをとがめつつ、抱っこをねだっているようだ。じっと見つめる黄色の目と視線が重なった。

まるで落ち着けと言われているようで、自然と肩から力が抜けていく。

「あいたた……はぁ……君、爪が伸びてるね」

真央は苦笑して、白猫を人間の赤ちゃんのように抱き上げた。そして改めて青年に向き合ったのだが――。

「だいふくが他人に懐くの、初めて見た」

それまでずっとうんざり顔だった青年は、信じられないものを見たと言わんばかりに目を見開いて、真央に抱かれた白猫に近づき額に手を伸ばす。

「大福……？」

「だいふくだ。ひらがなでだいふく」

「あ、名前……ですか」

猫は真っ白で、真ん丸で、しっぽはギザギザのかぎしっぽだ。

（名は体を表すというけれど……たしかにこの子は大福だわ……あ、男子だな）

去勢済みのようだが、しっぽの下にかつての雄の証を発見して、真央はフッと微笑み、黄色の目をした彼を見つめる。

青年の指先が、優しくだいふくの額をかりかりと撫でる。しっかりと胸に抱いているせいかゴロゴロと鳴く音が体を伝わって、真央は自然と頬が緩んでいく。

「ご機嫌みたいですね」

「あんた、猫飼ってるのか」

落ち着いた真央の様子に、猫飼いの気配を感じ取ったのだろう。青年が尋ねる。

「今は一人暮らしなので無理ですが、実家には私が物心ついたときからずっと猫がいます」

弟や真央が拾ってきた猫だけでなく、保護猫もいて、現在三匹の猫が大分で家族と暮らしている。だいふくのぬくもりは真央にとって、どこか故郷を思い出させる懐かしい重みでもあった。

（あ～うちの子だちは元気かなぁ……会いたいな）

年末年始に帰省して十分猫充したつもりなのだが、こうやってよその子を抱っこさせてもらうと少し里心が付いてしまう。そうやってシミジミしていると、

「――明日また、十時くらいにうちに来てくれ」

「え？」

一瞬なにを言われたのかわからなかったが、青年は真央の腕からだいふくを取り上げると、そのままくるりと踵《きびす》を返しスタスタと家の中に入ってしまった。

「あ……」

訳がわからないまま置いてけぼりだ。

いったいなにが起こったのだろう。

真央は茫然とその場に立ち尽くすことしかできなかった。

「――というわけなんですよ」

とりあえず広報編集室に戻った真央は、前社長から住所を教えてもらい、向かった先で謎のイケメンに遭遇、また明日来るようにと言われたことを説明する。

「それは……謎だね！」

井岡が目を輝かせた。謎と言いながら、どうも面白がっているようだ。

「ＲＵＩ先生の身内なのかねぇ……そのイケメン君は」

葛西が全員のお茶を淹れながら首をかしげると、井岡が当然だと言わんばかりにうなずいた。

「そりゃ、一緒に住んでるんだから身内でしょう。普通に考えたら弟か息子か……いやもしくは、うんと年下の恋人ってこともあるかもよ」

「恋人？」

正直その展開は考えなかった。不愛想を絵に描いたようなあの男に、優しくて温かい物語を書くＲＵＩの恋人が、果たしてつとまるのだろうか。

「そんな感じしなかったんですけど……」

むしろそうあってほしくないと思うのは、自分がＲＵＩの大ファンだからだろうか。

不満で真央は唇を尖らせる。だが井岡は譲らない。

「だってシリーズ累計一千万部だよ？　一冊千円の本を一千万部刷ったら、印税は十億円だよ。まぁ、ざっと三割から四割を税金で持っていかれたとしても、そこそこのサラリーマンの生涯賃金の何倍かを、この十年で稼いじゃってるんだもん。もう一生働かなくていいじゃない。私が独身なら自分好みの若くてきれいな恋人を作って、眺めながらのんびり暮らしちゃうわぁ～。まぁ、ぼろ屋に住んでるっていうのが、ちょっと不思議ではあるけど」

どこまで本気なのかはわからないが、井岡はシミジミとした口調で両手のひらを天井に向け、肩をすくめる。

「いや、ちょっと古めかしいお家でしたけど、ぼろ屋っていうほどじゃないですよ」

真央は慌ててフォローしながら、

「お金かぁ……」

とつぶやく。

確かにＲＵＩは億万長者で、お金は必要としていない。だから社長――柳澤は『ＲＵＩは稼ぐだけ稼いでやめたんだ。今更十年前に終わった作品の続きを出すはずがない』と言い切ったのだろう。実際、世間一般の考えは社長や井岡に近いと思う。

「彼が……ＲＵＩ先生の恋人……」

確かにあの青年はちょっと目を引く、雰囲気のある容姿をしていた。

口数は多そうではなかったが目力は強く、その内面を映し出すような強い光を宿していた。中低音で甘く、よくとおる声だった。彼のような男性は、ある種の女性にはたまらなく魅力的に映るだろう。

「あら……もしかして謎のイケメン君、櫻井ちゃんのタイプだった？」

井岡がからかうような口調で、ひょっこりと顔を覗き込んでくるので、ドキッとした。

両手をぶんぶん振りながら、慌てて首を振る。

「えっ……ええっ⁉　いやいや、全然！　私はその、クールなイケメンよりも、どちらかというと溌剌した雰囲気の、その、パーカーとデニムが似合うような、明るい男の人が好みのタイプなんでっ……ってぇ……あ～……」

今自分で触れたくないところに触れてしまった気がして、途端に口ごもる。

「今の、聞かなかったことにしてください」

自分で言っておいてなんだが、ちょっと気分が落ち込んだ。

「あーはいはい。そういや元彼の染谷くん。そんなタイプだったね」

井岡がアハハと笑いながら真央の肩を叩く。

「もうっ……わかってるなら、わざわざ口に出して言わないでくださいよ」

真央はがっくりと肩を落とし、井岡に向かって唇を尖らせた。

彼女には染谷と別れる別れないで悩んだときに、相談に乗ってもらった。そもそも付き合っていることも、周囲に隠さなくていいだろうというのが染谷の考えだったので、自分たちの関係は、葛西もアルバイトの中野だって知っている。

営業部のエースだったくせに、広報編集室までやってきて、ちょくちょく休憩と称して油を売っていたくらいだ。とにかくコミュニケーション能力の化け物と言えるような、誰とでも仲良くなってしまう男だった。

「失恋を癒すのは新しい恋だともいうよ？」

そこに葛西がちょっかいを出してきて、真央はフンフンと鼻息が荒くなる。

「もうっ……お二人ともあいつのことはもういいんです！　全部忘れてください。私は仕事に生きるんで！」

そしてデスクの上に顔を突っ伏した。

そう、仕事だ。失恋なんて大したことない。なんにも思わないわけではないけれど、失恋したってお腹は空くし、働いて賃金をもらわなければ生きていけない。

「とにかく明日も来いっていうんなら、行くだけです。もしかしたらＲＵＩ先生に会わせてくれる気になったのかもしれないし！」

そんな空気は微塵《みじん》も感じなかった真央だが、とりあえず願望を口に出す。

期限は一か月。元カレのことを思い出して悩んでいる暇などない。やれることをやるしかない。

真央の言葉を聞いて、井岡はしっかりとうなずいた。

「そうねぇ。とりあえずあたしたちに残りの仕事は任せて。櫻井ちゃんはＲＵＩ先生へのコンタクト、引き続き頑張って。一か月しかないんだから、悩んでる暇はないわよ」

「でも無理はしないようにしてくださいよ。心身ともに元気でいてこそ、仕事もまわるってもんです」

葛西もウンウンとうなずく。

「はい……ありがとうございます」

井岡と葛西の励ましに背中を押されて、真央はまた闘志を燃やしたのだった。

第二話　覆面作家の正体

十時くらいに来てくれと言われた真央だが、とりあえず約束の十五分前に真央はＲＵＩ邸にやってきていた。もしかしたらＲＵＩに会わせてもらえるかもしれないと、昨日帰宅途中に百貨店に寄って、老舗和菓子店の高級羊羹というお土産も用意した。

そうやって万全の態勢を整え、張り切ってやってきたというのに、ピンポンを鳴らしても返事がない。

（まさか……。呼んでおいて本人はいないっていう嫌がらせ……？）

真央はあたりをきょろきょろと見回して、ふと思い出した。

「そういえば昨日は蔵から出てきたっけ」

もしかして今日もそうなのだろうか。庭を突っ切って端にある蔵の前にやってきたが、残念ながら蔵には頑丈そうな錠がかかっていた。

どうやら蔵にはいないようだ。

「――おい」

どうしたものかとぼうっと蔵を眺めていると、背後からまたぶっきらぼうな声で呼びかけられる。

「あっ」

昨日と同じだ。振り返ると玄関前に青年が立っている。だがなぜか手には洗濯ネットを持っていた。

（お洗濯の途中だったのかな？）

首をかしげながら、「その……あなたは表札の、方丈さん……なんでしょうか」と呼びかける。

「――ああ」

相変らず不愛想だが彼はしっかりとうなずいた。

（やっぱりＲＵＩ先生の身内なんだ……よかった。もっといい感じの人と付き合ってほしいもん）

彼がＲＵＩの恋人ではないと思うと、少しだけほっとする。

そんな真央の葛藤をよそに、彼は羽織っていたパーカーのポケットから何かをつまみだし、それを真央に向かって放り投げて来た。

「わっ……！」

慌てて両手を伸ばし受け取ると、それは小さな鍵だった。

「それで蔵を開けろ。中でだいふくが寝てるから、連れてきてくれ」

「あ……はい」

なぜ自分が、と思ったが彼はＲＵＩに繋がる唯一の男だ。言われた通り鍵を使って蔵を開ける。ぎいいい、と音を立てながら両開きの扉を開けると、中には木製の本棚と木箱が積みあがっていた。

（難しそうな本ばっかりだ……）

古地図からマルクス経済学、所得分配のピケティ、果ては孫子まで積みあがっている。

床に積んだ本に触らないように気を付けながらあたりをきょろきょろ見回すと、その木箱のうちのひとつの中で、白い塊が丸くなっているのが見える。名は体を表す。まさにだいふくだ。

「だいふく、ここにいたのね」

驚かさないように小さな声で呼びかけると、折りたたまれた毛布の上で気持ちよさそうに眠っていた、だいふくの目がじんわりと開く。上から差し込む光が黄色い目に当たって瞳孔が糸のように細くなった。蔵には高い位置に空気穴が開いていて、扉が閉まっていることを考えると、彼はそこから出入りしているようだ。

確かに猫なら、棚やはしごを伝えば出入りはできるかもしれない。見た目よりちゃんと猫らしい。

「お前、あんな小さな穴を出入りできるんだね」

猫は固体ではなく液体だという笑い話もあるが、真央はゆっくりとだいふくを抱き上げて蔵の外に出た。

「——よし」

蔵の入り口には青年が立っていて、あっという間に、真央に抱かれただいふくに洗濯ネットをかぶせてしまった。

大きめなものなので苦しいということはないだろうが、だいふくは異変を感じ、まどろみから覚めたらしい。

「ふにゃーっ！　ぐるるるっ！」

手足をジタバタさせながら大暴れし始めた。だが方丈は落ち着いた様子で真央に呼びかける。

「キャリーを開けてくれ」

「は、はいっ！　わかりました！」

方丈の足元に天井が開くタイプのキャリーが置いてあった。さっと開くと同時に、だいふくがそこに押し込まれる。

「もしかして……動物病院ですか？」

ここまでくれば真央もさすがに予測できる。

「ああ……三種混合ワクチンのためにな」

方丈はふうっと息を吐き、それからキャリーを腕に抱えてスタスタと歩き始めた。

「ちょっと待ってくださいよ……」

慌てて彼の隣をついて歩く。ドスンドスンと暴れている音がしたが、方丈は動じていない。もしかしたら慣れっこなのかもしれない。

「病院に連れて行く日は、気配を察知して俺から逃げる。あんたが来てくれて助かった」

「そうですか……。その……お役に立てて光栄ですが、RUI先生に会わせてくれるのかと……」

そう思った自分を誰も責められないはずだ。

すると方丈はちらりと目の端で隣を歩く真央を見ると、「はぁ……」と呆れたようにため息をついた。真央の目には、彼の端整な横顔に『なに言ってんだコイツ』と書いてある気がした。

まぁ確かにこんなことで会えるのなら、十年間RUIの新刊が出ないという事態には陥っていないだろう。そう簡単に会えると思ってはいけないのだ。

「い、いや、でも私諦めてませんから！　お会いできるまで頑張る所存です！」

真央はぐっとこぶしを握って、それから方丈と並んで家を出る。

駅からさらに反対方向へ、国道沿いを歩いて十分程度のところに動物病院があった。

割と骨太で体重があるだいふくを、腕に抱えて歩くのはきついはずだ。タクシーに乗らないのかと聞くと「だいふくは車酔いするからな。歩いているほうがマシらしい」と方丈が答える。

病院内に入ると、すでに五人くらいのペット連れが待合室のソファーに座っていた。

「予約していた方丈《ほうじょう》だいふくです」

「はい、だいふく君ですね～。そちらでお待ちください」

カウンターで受付を済ませて、方丈はキャリーを抱いて待合室のビニールソファーに腰を下ろす。真央も慌ててその隣に座った。

（なんで私、動物病院にいるんだろう……）

だがついてきてしまったものは仕方ない。本人に気づかれないよう、ちらりと方丈を見ると、彼はキャリーの中に向かって、「大丈夫、一瞬で終わる。ちくっとするだけだ」と真顔で励ましている。

（いや……猫用の注射の痛みは、人間にはわからないのでは……？）

だがずっと不機嫌そうなところしか見てない方丈の目が、少しだけ優しいのを見ると、ぶっきらぼうなだけの人ではないのだなとほっとする。もしかしたら人より猫のほうが好きなのかもしれない。

（私に対する塩対応から考えると……ありえる）

とりあえず注射は問題なく終わった。キャリーに入れるときは大暴れしただいふくだが、病院まで来ると悟ったように静かになった。むしろ王者の風格すらある。注射を終えると自分からキャリーに入り「にゃあ！」と声をあげた。

それを聞いて真央は笑う。

「早く帰ろうと言ってますね」

「そうだな。帰ったらとっておきの猫缶をやろう」

方丈はそう言って支払いを済ませると、動物病院を出たところで、真央を肩越しに振り返った。

「今日はどうも。助かった。じゃあな」

「えっ！」

呼び止める間もなかった。

方丈はそのままスタスタと真央を置いて立ち去ったのだった。

「えっ……ええ……？　嘘でしょ～？」

お土産の羊羹を持ったまま、真央は虚しく立ち尽くしていた。

「といっても今日もめげないんですけどね……！」

真央は不屈の精神を抱いて、駅から方丈邸への道を急ぐ。

五月らしい、すがすがしくていい天気だ。空は青く風はさわやかで、日差しは柔らかい。駅から徒歩十五分、一本道を入れば住宅街だが、このあたりは昔ながらの家ばかりでどこかのどかな雰囲気があった。

ピンポンと方丈家のチャイムを押すと、蔵からだいふくが「にゃー！」と鳴きながら姿を現し、真央の足に額と体を摺《す》りつける。

「だいふく、昨日ぶりだね。とっておきの猫缶はもらえた？」

「にゃあ〜」

「そっかそっか。よかったね」

そうやって真央がだいふくとあれこれとおしゃべりしていると、目の前の戸がカラリと開いた。彼が玄関の引き戸を開けて出てきたのを見るのは、これが初めてだった。

「――また来たのか」

方丈は戸にもたれるようにして切れ長の目を細める。まさか昨日の今日で来るとは思わなかったのだろう。その切れ長の目の奥には戸惑いの色があった。

「ええ。昨日は動物病院にしか行けなかったので」

やれやれといわんばかりに、体の前で腕を組み真央を見下ろしてくる方丈に向かって、真央はだいふくを抱き上げてにっこりと笑う。

(少々邪険にされたからって、諦めるような私ではありませんからねっ!)

二年目の自分にできることなどあまり思いつかないが、『マオの旅』に対する情熱だけは、誰にも負けないと自信を持って言える。

「——」

方丈は黙って真央を見下ろしている。

彼の目は静かだが、なにも考えていないわけではなさそうだ。目は口ほどにものを言うと言うけれど、彼もそのタイプなのかもしれない。真央の心の奥の、さらに奥まで覗き込もうとしてくるような気配がして、敵意を向けられているわけでもないのに、少し緊張してしまった。

だが黙り込むなど自分の性に合わない。物語のマオだっていつも自分で未来を切り開いてきたのだ。自分だってやれることはなんだってやるつもりだった。

「連日押しかけてすみません。RUI先生にお取次ぎしていただけないでしょうか」

「だからそれは……」

方丈が困ったように目を伏せる。

もしかしたら自分には会わせられない事情でもあるのだろうか。

「あのっ、今日はこれを渡していただくだけでいいので」

真央は急いでバッグの中から分厚い封筒を取り出した。

「……なんだこれ」

方丈が怪訝そうに眼を細める。完全に不審物を見る目だ。

「手紙です。途中から普通にファンレターになっちゃいましたけど」

「──」

方丈の眉がピクリと持ち上がる。

「あ、でも私、十年前からずっと一ファンとしてお手紙は何度も送っていたので、もしかしたら、先生はご存じかもしれませんけど……」

真央はえへへ、と照れ隠しのように笑った。

そう、分厚いファンレターは通常営業で特に特別なことではなかったのだが、方丈はそれを聞いて軽く首を振った。

「ＲＵＩは……手紙なんか読まない」

「え？」

別に返事が欲しくて書いていたわけではないが、読んでないと言い切られたのは少し不思議だった。

「それを……なぜあなたが？」

「──あのさ」

方丈は額にかかった軽く癖のある髪をかき上げながら、口を開きかけたのだが――。

「失礼します」

突然ふたりの間に割って入る女性の声があった。

誰だろうと肩越しに振り返ると、自分たちに向かって、ベージュのパンツスーツ姿の女性がヒールの音も軽やかに、カツカツと近づいてくるではないか。

（すっごい美人だ！）

年のころは三十代前半くらいだろうか。長い黒髪は丁寧に巻かれていて、まつ毛の一本一本まできれいに立ち上がった隙《すき》のないメイクは、彼女の華やかな美貌によく似合っている。クールビューティーがそのまま絵になったような美人だった。

（誰……？　えっ、もしかしてＲＵＩ先生？）

作品のイメージとはかなり違うが、作品イコール作者ではない。それにここは方丈家の敷地だ。関係者ならやはりＲＵＩかもしれない。

「あの……！」

真央は慌ててバッグから名刺を取り出そうとしたのだが、女性は真央よりも早く胸元から名刺を取り出して、真央ではなく隣に立っている方丈へと差し出した。

「ＲＵＩ先生、初めまして。わたくし麒麟出版《きりんしゅっぱん》の正木《まさき》と申します」

「えっ！」

「チッ」

真央が声をあげるのと、方丈が舌打ちをするのはほぼ同時だった。

麒麟出版は出版社ベストファイブに入る資本金を持つ大手出版社だ。メディアミックスを得意とし、様々なジャンルでヒット作を多く生み出している。いや今はそんなことが問題なのではない。

「るるるるるるる、ＲＵＩ先生っ⁉」

あまりにも驚いて舌がもつれた。正木と名乗った女性と方丈を交互に見ながら、真央は口をパクパクさせながら方丈に詰め寄る。

「方丈さんがＲＵＩ先生っ⁉」

「――」

だが方丈は真央に一瞥もくれないまま、正木と名乗った女性の名刺を手に取ると、そのまま真っ二つに破り足元に捨てた。

「えええっ？」

「あら」

ひらひらと紙片が地面に落ちるが、正木は真央ほどショックを受けていないようだ。破られた名刺をきちんと拾い上げバッグの中に仕舞うと、相変わらず強い視線で方丈を見つめながらにっこりと微笑んだ。

「先生、今年でデビュー十周年を迎えられますね、おめでとうございます。こちらはお祝いの品です。どうぞお受け取りください」

正木は小さな紙袋を差し出す。

（あっ……あれは、ひとつぶ６００円もする超高級チョコレート！）

真央は目を剝《む》いたが、方丈はそれに向かって首を振った。受け取る気はないという意思表示なのだろう。

正木はやんわりと微笑んで手を引いた。そして言葉を続ける。

「先生、この十周年を機に、ぜひうちで書いていただけませんか？　もちろん麒麟出版を上げて先生を大プッシュしますし、必ず売ります。ベストセラーにしてみせます」

「──興味ない」

ベストセラーにしてみせるという正木の言葉は、自身に満ち溢《あふ》れていた。だがそれを『興味ない』の一言で終わらせる方丈に、真央は目を見張る。

（えっ、売れなくていいってこと……？　そんな作家さんが存在するの？）

出版不況が叫ばれて久しいこの時代、書けば売れる時代はとうの昔に終わっている。初版はかつての何分の一かの部数まで落ち込み、本を数冊出したところで、サラリーマンの年収にはとうてい及ばない。ごく一部の売れっ子を除き、作家はそれだけでは『食えない職業』になっているのだ。

なのに彼は『ベストセラーに興味がない』と言い切ってしまった。

真央は方丈と正木の顔を見比べる。

「そうですか……。では言い方を変えましょう。ファンのために、執筆する気にはなれませんか？　先生のファンは間違いなく、新作を待ち望んでいると思います」

それはまさに、作品のファンでもある真央と同じ望みであったはずなのだが――その言葉を聞いた瞬間、方丈は表情を一変させ叫んでいた。

「書かない。俺の書いた物語なんて……誰も望んでないっ！」

方丈の切れ長の目は吊り上がり、全身がワナワナと震えている。

これまでずっと、どちらかというと物静かでクールだった方丈の見せた一面に、真央は驚き息をのむ。

「帰れ！」

彼の拒絶はまさに一刀両断で、即座に真央たちに背中を向けてしまった。玄関の中に入って中からガシャンと鍵をかける音が響く。

（彼が……ＲＵＩ先生だったんだ……）

今までぶつけられた言葉や冷たい態度に、がっかりしたわけではない。

男性であっても女性であっても、真央にとってＲＵＩの書く物語は人生の道しるべだった。『マオの旅』が好きで好きで、今の職場を選んだ。物語をこの世に送り出したＲＵＩ

のことを、神様のように尊敬していた。

頭の中にはいろんな言葉が浮かんでは消えるが、うまく言葉にできそうにない。

ただ望んでいないと叫んだ、方丈の声がとげのように胸に刺さって抜けない。無性に苦しかった。

（どうしてあんなこと、言ったんだろう？）

気持ちが整理できないまま茫然と立ち尽くしていると、「ね、あなた」と正木から声をかけられた。ある意味自分たちは置いてけぼり同士。仲間のようなものだ。気を取り直して自分の名刺を差し出す。

「すみません、ご挨拶が遅れました。一葉書房の櫻井です」

「一葉書房さんだったのね」

正木は名刺を受け取り、軽く肩をすくめた。

「同じ編集者同士、ちょっと情報交換しない？」

「ええ……そうですね」

真央も正直混乱していた。少し落ち着いて情報を整理する時間が必要だった。

ふたりで方丈邸を離れて駅へと向かう。駅前のコーヒーショップに入って、奥の二人用の席に腰を下ろす。

「とりあえず……その方丈さんが……ＲＵＩ先生なんて……びっくりしました」

先に口を開いたのは真央だ。それを聞いて正木は意外そうだった。

「本当に知らなかったの？　ＲＵＩ先生はあなたのところとしか、仕事してないでしょう」

不思議そうに尋ねながら、コーヒーに口をつける正木に悪気はないようだが、さすがに落ち込んだ。

「ええ……ですが前社長以外、ＲＵＩ先生がどこの誰か知らなかったし、私もつい先日やっと住所を知ったくらいで」

嘘をついても仕方ないので正直に答える。そして気になっていたことを率直に尋ねた。

「正木さんは、どうやって彼がＲＵＩ先生だって知ったんですか？」

「そりゃ、あなたのところを辞めた編集から、教えてもらったに決まってるじゃない」

正木がクスクスと笑う。

「えっ⁉」

真央は耳を疑った。

「でも……前任者は九州にいるはずなんですけど。九州で編集の仕事をしてるんですか？」

「ええ、そうよ。今は地元のＰＲ雑誌を作っているみたい」

「そうだったんだ……。でもRUI先生の個人情報を持ってたなんて」

「あら。編集にとって作家の情報は財産でしょう？　転職のときには武器になるわ」

編集者はサラリーマンであるがゆえに異動もあり、望まぬ部署に配属されることもある。漫画を担当していた編集が、週刊誌に。ファッション誌を担当していたはずが、ライトノベルに――。

そうなったら転職を選ぶ編集者は多い。そして新しい編集部から、かつて仕事をした作家に執筆を依頼するのは普通のことだ。真央だって一葉書房がこのままなくなってしまったら、一葉物産を辞めてほかの出版社に転職するかもしれない。

「彼女はRUIのことを何にも知らなくても、最低限の情報は持っていたわ。だったらそこに、払うものを払えばいいだけの話」

「それって、RUI先生の個人情報を買ったってことですか？」

眉を顰《ひそ》める真央に、正木はうふふと笑ってイエスともノーとも言わなかった。だが金銭のやり取りがなくても、大手出版社の編集と、辞めてしまった前担当者の間であったことを、今更責めたって仕方ない。

「RUI先生が男性で、しかもあんなに若いなんて……私、なにも知りませんでした」

真央はコーヒーカップに口をつけて、はぁとため息をついた。

彼は自分と同年代にしか見えなかった。二十五前後だろう。彼は十代半ばにしてあの物語を世に出したということになる。

「彼の名は方丈累《ほうじょうるい》。現在二十五歳で一人暮らし。十二歳から始めたブログに小説を書き始め、一葉物産の社長の目に留まり、約一年かけて『マオの旅』が刊行された。社長の趣味で世に出た『マオの旅』の単行本は、二巻発売後にとある書評家の目に留まり、新聞の書評をきっかけにじわじわと口コミで売れ始めた。それからたった数か月で、全国の書店員が選ぶ大賞に選ばれ、以降ベストセラーへの道を駆け上る。初版三千部だった『マオの旅』一巻は、この十年で三百万部まで伸び、累計一千万部の大ベストセラーへと成長している。いまだに売れ続けているベストセラー作家。それが彼の正体よ」

　正木はまたカップに口をつけた。

　彼女の発言はだいたい正しかった。真央が訂正する部分もない。

「正木さんもＲＵＩ先生に、新作を依頼しに来たんですよね」

「新作……ねぇ。ある意味そうかもしれないけど」

　正木はくすっと笑って首を振った。

「私が書いてもらいたいのは物語じゃない、彼の自伝なの」

「じっ……自伝⁉」

　まさかの返答に真央は目を剥いた。

「なぜ自伝なんですか、彼は作家ですよ？」

物語を作る天才になぜ自伝を書かせようとするのかわからない。だが正木は当然でしょうといわんばかりに肩をすくめる。

「そりゃ新作が書けたらいいでしょうけど、今年で彼が筆を折って十年になるのよ。しかも彼、さっき言ったじゃない。誰も望んでないって。事実はどうあれ、作家本人がそう思ってるのよ。書くはずないわ」

書くはずがないという言葉に真央はカチンときた。

「わっ、……私は少なくとも可能性はあるって思ってます。『マオの旅』には続きがあるはずですし！」

真央は若干ムキになりながら言い返していた。

「でもその可能性は限りなくゼロでしょう。彼は新しい物語を書くつもりはない。でも自伝ならどうかしら。自分のことは語りたくなるかもしれない。だったら私は可能性が高くて、間違いなく売れるものを選ぶわ」

「間違いなく売れる……？」

「十年ぶりの凡作よりも、ってことよ」

「凡作って……！　さっきからそういう決めつけ、いくらなんでも失礼じゃないですか！」

正木のセリフに目の前が一瞬真っ暗になった真央だが、正木は動じることはなかった。

「でも彼は十年前の感性を今でも持っているかしら」

　正木はすらりとした長い足を組み、受け流した。

「……」

　真央は言い返せず唇をかむ。

　十年経てば人は大きく変わって当然だ。ベストセラーを書いた彼は当時十代前半で、今は違う。新作を読んでがっかりするなら過去の作品を読んだほうがいいというのは、マニアが集まる一部のファンサイトでも、たまに言われていることである。

　黙り込んだ真央をよそに、正木は言葉を続けた。

「本好きなら一度はタイトルを聞いたことがある『マオの旅』。でも誰も作者であるRUIの正体を知らない。年齢も性別も、歳も知らない億万長者が、実は二十五歳のイケメン、しかもあんなみすぼらしい家で、ひとりで静かに暮らしてるだなんて、面白いじゃない。自伝は間違いなく話題になるわよ」

　そして瞳を輝かせながらすっと立ち上がる。

「最悪、彼に執筆が無理ならゴーストライターでもいい。とにかく彼の名前で麒麟出版から本を出す。ベストセラー間違いなしだわ」

「――」

　一方的にペラペラと話し続ける正木に口を挟もうとしたが、無理だった。

「じゃあまたね。これはお近づきのしるしに、差し上げるわ。ＲＵＩ先生になにか変化があったら、そこに連絡ちょうだい」

正木は軽やかに言い放つと、そのままコーヒーショップを出て行ってしまった。

「そこに連絡？」

首をかしげて視線をテーブルの上に落とすと、目の前にチョコレートの紙袋と名刺が置かれている。

名刺を手に取ると、『麒麟出版　第二編集部　正木渚《まさきなぎさ》』と書かれていて、連絡先と裏には過去彼女が手掛けたらしい本のタイトルが、十冊ほど記載されていた。

タイトルに視線を走らせて真央は驚愕した。

「えっと……『こんにゃくの作り方知ってる？』『挑戦力』『平凡な女の子が本物のお姫様になるための十か条』……どれも何十万部も売れてるベストセラーだ……すご……！」

真央だって二年目とはいえ編集者の端くれだ。それらがどれだけ売れているか知っている。正木渚はかなりの敏腕編集らしい。

ベストセラーなど手掛けたことはない自分が、彼女よりいい編集だと言えるのだろうか。

とたんに真央は自信を失いそうになる。

「ＲＵＩ先生に自伝……か」

自伝がだめだというわけじゃない。真央だって著名人の自伝は過去に何冊も読んだことがある。そもそも日本の出版史上で最も売れた本は『窓際のトットちゃん』だ。何かを成した人の自叙伝というのは本当に面白い。

（だけど……ＲＵＩ先生に語ってほしいのは過去じゃない）

そう、物語だ。

少女のころ、真央を勇気づけてくれた物語をまた読ませてほしい。そして真央と同じように待っている人へと届けたかった。

（だけど……どうやったらいいんだろう？）

彼がＲＵＩだとわかった以上、毎日押しかけてたって嫌われるだけだ。けれど会わずに説得できる気もしない。すでに八方ふさがりだった。

金曜日、いつもより少し早めに出勤した真央は少し疲れていた。昨日から気分が重く憂《ゆう》鬱《うつ》なままで、あまり眠れていない。

葛西と井岡には、例のイケメンがＲＵＩだったということは話しているが、結局本人が書かないと言っている以上、具体的にどうするべきかは、すべて真央の裁量にゆだねられている。

（彼に書いてもらうために、私ができることってなんだろう）

重い体を引きずりながら一葉物産のビルに入ると、背後から「よっ！」と肩を叩かれる。

「ひえっ！」

少しばかり自分の殻に閉じこもっていた真央は、飛び上がらんばかりに驚いて振り返った。こんなことをするやつは一人しかない。

「ちょ……ケンッ……。あー染谷さん、驚かさないでくれるかな……！」

そう、声をかけてきたのは三つ年上の元カレ、染谷健人だった。真央は唇をしっかりと引き結んで、目の前の男をにらむ。

たくましい長身と、さっぱりとした黒髪の短髪に凛々しい眉。中高とテニス部で大学テニスでも活躍したという。溌剌を絵に描いたような男だ。

（危うくケントって呼びそうになっちゃった……危なかった）

こちらの葛藤もいざ知らず、染谷はニコニコと笑っていて腹が立つ。

「いやー、なんかお前がしょぼくれた背中で歩いてたから、気になってさ」

実際、真央はしょぼくれていたので、見抜かれた自分に無性に腹が立つ。

「……お気遣いどうも。じゃあ」

真央は真顔で言い放ち、エレベーターへと向かう。染谷も当然と言わんばかりに並んで歩き、エレベーターの中へと入る。十二階のボタンを押して奥の壁に寄り掛かると、染谷も隣に並んだ。後から数人エレベーターに乗り込んできたが、染谷はなぜか営業部のある階のボタンを押さなかった。

「営業部は八階でしょ?」

「総務に用があってね」

「あ、そう……」

総務と広報編集室は同じ階だ。エレベーターはゆっくりと上昇し、自分たち以外は皆途中の階で降りてしまった。ふたりきりになったところで、正面を向いたまま染谷が口を開く。

「なぁ、お前大丈夫か?　噂でその……聞いたんだけど。広報編集室なくなるって」

「――」

どうやら営業部まで噂は届いているらしい。真央は意識して彼の言葉を聞き流しながら、黙って数を増やしていくエレベーターのボタンを眺めるしかない。

「でさ、真央。今日金曜じゃん。仕事終わったらメシでも行かないか」

染谷がひょっこりと横から顔を覗き込んでくる。

真央が聞こえないふりをしたのがわかっているくせに、この調子だ。これが数か月前に別れた元カノに対する態度だろうか。本当にこの男は質《たち》が悪い。

真央は顔を上げて首を振った。

「行かないっ」

「なんで？」

きょとんとする染谷は、本当に不思議で仕方ないという顔をしている。

「まだ言う？　もう別れたでしょ、私たち」

「いやそうだけどさ。友達ならメシくらい行ってもいいだろ」

無神経ともいえるような言葉に、真央の苛立《いらだ》ちはさらに加速した。

染谷が浮気をしたと知って、悩んだあげく「別れよう」と言ったのは自分。だが染谷は真央のその言葉を待っていたと言わんばかりに「そうだな」と同意して、その後すぐに浮気相手と付き合いだしたのだから、結局振られたのは自分のほうだ。

(振ったのが自分だからって……今でも私のこと思い通りになると思ってるんだ)

じっと染谷を見つめると、「な？」とにこやかに微笑まれる。

真央は染谷の笑顔が好きだった。いや、それだけではない。顔や雰囲気、人懐っこい性格。彼のすべてがドストライクなだけに、完全に無視できない自分に腹が立つ。

だからその瞬間、真央はどうしようもなく意地悪な気分になった。

いつもならもっとうまく断れるはずなのに、正直今の真央の心はＲＵＩのことで少しばかりささくれだっていたのだ。

「あなたが友達でいたいと思うほどの人なら、別れを選んだりしない」

はっきりと言い返したところで、一瞬染谷がひるんだ気がした。

「まぁ、そうだな。あはは」

染谷は苦笑して首の後ろに手を回す。

やたら明るい太陽のような男だが営業部のエースだ。馬鹿ではない。真央のイヤミはストレートに染谷に刺さっている。

そしてひどいことを言ったのに、彼は一瞬たりとも真央に悪意を向けなかった。

（ああ……言い過ぎた……私、意地悪すぎた……）

自分で言っておいて、当然真央も嫌な気分になった。

（最悪……）

朝からなぜこんな気分にならなければならないのだろう。真央はそのまま視線を落とす。

だが染谷は腹を立てることもなく、何度か唇を震わせた後、なにかを決意したように真央を見つめた。

「真央、あのさ……実は俺」

「もう真央って呼ばないで」

染谷が今更なにを言いたいのかは知らないが、親しげに名前を呼ばれたくなかった。

そこでエレベーターが一度開いた。目的の階数ではない。顔を上げるとエレベーターの前に立っていた社長に気がついた。

相変わらずのぶっきらぼうで圧がすごいが、あたりの空気を変えてしまう社長の登場は、この状況においては少しありがたかった。

真央はそのままエレベーターから降りて、柳澤に向かって「おはようございます」と頭を下げる。

真央の言葉に、柳澤は鷹揚に「ああ」とうなずいた。

エレベーターの中では染谷がエレベーターの『開』ボタンを押して待っている。社長が乗り込むことに気がついて、身動きが取れなくなったようだ。どこかうずうずしているようで、もし社長がいなかったら、真央を追いかけてきたかもしれない。

助かったと思ったところで、柳澤が軽く首をかしげて真央を肩越しに振り返る。

「ところで、進捗はどうだ?」

「――」

進捗とは当然RUIのことだ。

だがなんと答えていいのかわからなかった真央は、口ごもるしかない。そんな真央を見て柳澤はどこか拍子抜けと言わんばかりにささやいた。

「やはり口だけか」

そしてエレベーターの中へと入っていく。扉が閉まりふたりの姿が消えた。

「……っ」

柳澤のどこかあざ笑うような声色に、心の柔らかいところを鋭く尖ったもので刺された気がしたが、仕方ない。柳澤に向かって大きく出たのは自分だし、成果を出せていないのも自分のせいだ。

真央は肩を落とし、トボトボとその場を立ち去ることしかできなかった。

その日の真央は散々だった。小さなミスをいくつか重ねたあげく、進行管理を誤って印刷のスケジュールが大幅にずれたことに気がつかなかった。先に気づいた井岡が早急に手を回してスケジュールを組みなおしたが、一歩間違えれば雑誌が発行できなかったかもしれない。始末書必須の大ポカだ。

「――本当に……すみませんでしたっ……！」

深々と頭を下げる真央に、井岡は苦笑して首を振る。

「いいって。今日気づいたんだから。間に合ったでしょ」

「でも……おふたりには残業までさせてしまって」

井岡はそうは言ってくれるが、気がつけば夜の九時を回っている。窓の外はもう真っ暗で、隣のビルの明かりがいくつか見えるだけだ。出版社は基本残業が多い職場だが、一葉書房では正直珍しい。井岡には子供もいるから申し訳なくて仕方ない。

「井岡さんのいうとおりだよ。次からは気を付けよう。それでいいんだ」

葛西もそう言ってパソコンの電源を落とすと、それから「今日入るはずの残業代で飲みに行っちゃおうかなぁ〜」とニコニコつぶやきながら出て行った。

「お疲れ様です！」

井岡と葛西を見送って、真央も自分のパソコンの電源を落として一葉物産を出る。

「はぁ……私ったら……ほんともう……情けない……」

気がつけば泣き言ばかりが口を突いて出てくる。

ＲＵＩに拒まれ、元カレに心無い嫌みを言い自己嫌悪に陥り、社長に笑われて仕事でミスを重ねた。うまくいかない自分に腹が立って、苛立ちが募るばかりだ。

どうしてもまっすぐに家に帰る気になれなくて、たまたま目についたバルに足を踏み入れていた。

とりあえず、メニューにおすすめと書かれたクラフトビールとピザを注文し、バッグから本を取り出す。もちろん『マオの旅』だ。ページをめくりながら思案に暮れる。だがいつもならすぐに夢中になれる物語も、どこか上滑りして頭の中に入っていかない。

「はぁ……」

今日何十回、ため息をついただろうか。本をテーブルの上に置いて、思考がまとまらないまま無為にぼんやりしていると、「お待たせしましたー！」と、元気のいい声と同時に、ビールとマルゲリータピザが目の前に置かれた。

美しい橙色をしたクラフトビールはよく冷えていて、グラスに触れるとひんやりと冷たい。

ふと、方丈累のどこかさめた眼差しを思い出す。

なぜ彼は書くことを止めたのだろう。真央にも正木にも、彼は『書かない』としか言わなかった。なにか言ってもよさそうなのに、その理由も説明しないままだった。

なにより彼が言い放った『俺の書いた物語なんて誰も望んでいない』という叫びが、喉に刺さった小骨のように心に引っかかっていた。

デビューから十年、いまだに版を重ね続けている自作品を、多くの人が求めているというのに、なぜ彼はその事実を受け入れられないのだろう。

だがいくら考えてもまったくわからない。方丈がＲＵＩだと知らなかったせいもあるが、真央は彼に一方的に詰め寄って、ＲＵＩに新作を書いてもらいたいという希望を押し付けるだけで、拒む彼の気持ちを想像してこなかったからだ。

（ＲＵＩ先生の気持ちを知りたい……）

テーブルの上に置いた、二巻の表紙に目をやる。

一巻の表紙はマオだが、二巻ではマオの親友である亡国の王子、アッシュが描かれている。

そっと指先でなぞっているうちに、気持ちが落ち着いてくる。

（焦ってたし、必死だったといえばそうだけど……。こんなんじゃだめよね。心を通わせたければ、アッシュ王子みたいに、まず相手の話を聞かないといけないんだ）

アッシュ王子は、マオより三つ年上のお兄さんポジションのキャラクターで、溌剌とした笑顔を浮かべる太陽のような男だ。国を失いながらもその性格は明るく、マオと肩を並べて冒険の旅に出る、作品中屈指の人気キャラである。

そしてなにを隠そう、彼は真央の初恋の人だ。

初めて恋をした相手が、物語の登場人物だったというのは割とあるあるだと思うのだが、真央の場合、その後の男性の好みを左右するレベルで、アッシュ王子は唯一無二の存在である。

要するに真央の性癖になってしまったということだ。気がつけばいつも似たタイプの男に惹《ひ》かれ、好きになってしまう。

（いやいや、でも健人なんてアッシュ王子に似てないしっ！）

かつては本当はよく似ていると思ったし、それで好きになったのだが、とりあえず今は否定しておきたい。

真央はフンッと鼻息を荒くして本をバッグにしまい込み、勢いよくビールをグイッと煽った。すきっ腹にアルコールが染みて胃がキリキリしたが、それでもゴクゴクとビールを飲み干す。

いつの間にか脳内に現れたアッシュ王子が、真央の肩を豪快にバシバシと叩く。

『まずメシを食おうぜ、マオ。腹が減ってちゃ気は滅入るばっかりだぜ』

（そうよね！　私ちょっと今日は落ち込んじゃってるけど、いつまでも落ち込んでちゃだめだわ！　飲んで食べて、元気を出すぞ！　そして来週はＲＵＩ先生とコミュニケーションをとるのよ！）

真央はキリッと表情を引き締めると、パチンと胸の前で手を合わせる。

「いただきます！」

そして気を取り直したように熱々のピザを手に取り、大きく口を開けたのだった。


時計の針は夜の十一時を過ぎていた。方丈累は洗面台の前に立ち、しゃこしゃこといつものように歯を磨いていた。

（今日も来なかったな……あいつ。いや、迷惑だし二度と来なくていいんだが……）

あいつというのは、櫻井真央と名乗る一葉書房の編集者のことだ。

火曜日から二日連続でやってきた彼女は、熱烈な『マオの旅』の読者だった。そのくせ作者である累のことをまったく知らなかったらしく、累がＲＵＩだと知るや否や、ひっくり返りそうなくらい驚いていた。

（あれがまさに『鳩が豆鉄砲をくらったような顔』というんだろうな……変な顔だった）

「ふっ……」

家に直接来る編集なんて迷惑以外の何物でもないのだが、それはそれで、櫻井真央は印象に残る不思議な女だった。

だいふくに好かれているのも驚いたが、そもそも周囲の人間に人に好かれるタイプなのだろう。友達らしい友達もいない、自分とは対極の存在のように思える。

「なーお！」

足元でだいふくが抗議の声をあげながら、脛のあたりに体当たりを食らわせる。

早く寝ろ、布団を敷けという催促だ。

「ん……」

口をゆすぎ、だいふくを抱き上げる。顔を近づけると、体のわりに小さな手で口元を押さえられてしまった。歯磨き粉の匂いが気に入らないらしい。だが累に抱かれているのは好きらしく、ゴロゴロと喉を鳴らしている。

縁側に面した和室に布団を敷くと、だいふくは匍匐前進《ほふくぜんしん》をするように体を低くし、布団の中にもぐりこんでいく。

「今日は一緒に寝るのか。お前はきまぐれだな」

だいふくは三年前から方丈家の蔵に住み着いている猫である。母猫とはぐれたらしく、衰弱していたところを累が見つけ、世話をした。小さく痩せていた白猫は気がつけばまるまると大きくなり、今ではすっかりだいふくの名前にふさわしい貫禄を漂わせている。累にとっては数少ない、心を許せる存在だ。

（そうだな……俺にはお前がいる）

布団の上からだいふくをぽんぽんと叩き、さて寝るかと布団の中にもぐりこんだ。

目を閉じると、大学進学前、七年前に亡くなった祖父の顔が思い浮かぶ。

彼はとにかく優しい人だった。病院のベッドの中でも、『私はお前が一番大事だよ』と、累のためにいつだって心を砕いてくれた。

十年前、『マオの旅』を出版してから累の人生は大きく変わったが、それも今は遠い昔。忘れられた過去の遺産だ。

累はただこうやって毎日本を読み、近所を散歩して、週に一度、近所のお寺にある祖父の墓参りに行くだけの人生に満足していた。

累の一日はいつも静かに終わっていく。

（そうだ……これが俺らしい人生なんだ）

しばらくして外から騒々しい声が聞こえてきた。

「あ、運転手さん、荷物まで運んでくれて、ありがとうございます！　お釣りはいらないです〜！　どうも〜！」

半分眠りかけていた累だが、どこかで聞いたことがあるその声に、累は一気に覚醒し飛び起きていた。

「えっ……」

まさかと耳を澄ませると、続けて元気いっぱいの声が聞こえる。

「こんにちはー！　一葉書房の櫻井真央ですっ……！」

「はっ⁉」

累は壁にかかっている古とき計を見上げた。布団に入って十五分程度しか経っていない。続けてインターフォンの音が鳴って、どうやら夢ではないらしいと思ったが、累は当然布団から出る気になれない。

櫻井真央。たしかにやたらガッツがある女だなと思ったが、さすがにもう諦めたものだと思っていた。が、残念ながら勘違いだったようだ。

（だからってこんなとき間に来るか？　ありえない……出る必要ないな……。無視だ、無視）

古い家なので隙間も多く、外の様子は手に取るようにわかる。

累はなんとか目を閉じてやり過ごそうとしたのだが、玄関先から人が動く気配がない。

なぜかご機嫌な鼻歌まで聞こえてくる。

「くそっ……」

このまま放っておいてもいいが、騒がれて近所迷惑になるのも困る。累は布団からのそのそと這い出て、舌打ちしながら玄関へと向かった。

明かりをつけると、ガラス戸の向こうに、ぼんやりとスーツ姿の女性が立っているのが確認できた。やはり夢ではないようだ。仕方なく、えいやっと気合を入れてガラス戸を開け放つと、スーツ姿の櫻井真央がニコニコの笑顔で立っていた。

「こんにちは！」

まったく悪いと思っていない、天真爛漫な微笑みを浮かべている。

(信じられない……こんな非常識な大人がいていいのか……)

累は愕然とした。自分だってあまりまともな大人だとは思えないが、それはそれだ。累はいろんな言葉を飲み込んで、真央をにらみつける。

「こんにちはじゃない。今何時だと思ってるんだ。夜の十一時だぞ」

「いったん家に帰ったらぁ、遅くなっちゃったんですよ～えへへ」

「は？」

彼女の言葉の意味がわからない。累は首をかしげたが、ふと真央の様子がいつもと違うことに気がついた。頬も耳も首筋も真っ赤だ。

「お前、もしかして酔ってるのか」

「酔ってますよ！　素面《しらふ》でこんなことできると思ってるんですか！」

真央が目をカッと見開いて叫ぶ。

「逆切れかよ……」

今まで何度も真央を勝手気ままに振り回してきた累だが、さすがに酔っぱらい相手には分が悪い。

「帰れ、うっとおしい」

それは百パーセント累の本心だったが、相変わらず真央はめげなかった。

「帰りますよ！　でもこれ、読んでくださいっ！」

足元に置いていた段ボールを持ち上げて、そのまま累の胸に押し付ける。

「はぁ？」

押し付けられたものをとっさに累が抱えるのを見て、真央はキラキラした笑顔になった。

「私、あなたのこと大好きですから！」

「はっ？」

満面の笑顔の真央の告白に累は固まった。だが真央が食い入るように見つめるものだから、累の耳や首のあたりまで真っ赤に染まっていく。

「お、お、お前、なに言って……ちょっと待て、落ち着け！」

しどろもどろになりながら、累はじりじりと後ずさる。だが真央は逃がさないと言わんばかりに、累に詰め寄った。

「いやです！　わかってもらえるまで！　ずううっとっ、言い続けます！」

「あー話が通じん！　なんなんだお前っ……」

もともと累は女性どころか人があまり得意ではない。慣れ合う気もなく、どう対応していいかわからないから、自分に近づこうとしてきた人間は、いつも一方的に拒絶していた。

幼稚園から大学まで、そのスタンスはなにがあっても変わらなった。それが自分を守る唯一の方法だったからだ。

だがこの櫻井真央という編集者は、そんな自分の考えをものともせず何度壁を作っても、その都度、壁を乗り越えてくる謎の情熱を抱えている。こうなると累はどうしていいかわからなくなる。

「おいっ、だいふく、だいふく、いるだろ、助けてくれっ……！」

とっさに布団の中でぬくぬくと眠っている同居猫を呼んだが、残念ながら彼は姿を現さない。本当に空気が読める猫である。そして猫を助けに呼ぶ累を見て、真央は不満そうに唇を尖らせた。

「ちょっとせんせえ、聞いてます～？　あのねいいですかっ？　私、あなたの書いた物語がっ、ほんとにっ、ほんとにっ、だーいすきで！　初恋はアッシュ王子だし、そのせいで私が好きになる男の子は、みんなアッシュ王子みたいな男の子なんですよ！」

「へ……へぇ……」

なぜ自分は彼女の初恋の男について、しかもそれが自分が過去創作したキャラであるということを聞かされているのだろう。正直よくわからないが、反論するのは悪手だろう。今はとりあえず相槌《あいづち》を打つしかない。

「まぁ、とはいえ～？　実際のところ、彼氏になったところでぇ……アッシュ王子じゃないからぁ、全然うまくいかないしぃ、浮気されるし散々ですけど～」

体をゆらゆらと揺らしながら、真央の目がみるみるうちに潤んで、涙がたまっていく。

「……うっ……ヒック……グスッ……うえぇえん……」

そして突然、両手で顔を覆いべそべそ泣き出してしまった。

十秒前まではびっくりするほど元気いっぱいだったはずが、なぜか突然の号泣だ。

「もう……無理だ……」

累はぽつりとつぶやく。

自分は一滴も飲んでいないのに、二日酔いのような頭痛がしてきた。

ここは丁寧にお願いして帰ってもらうしかない。

累は意を決して真央の顔を覗き込んだ。照れている場合ではない。今は一刻も早く彼女を家に帰すのが累にできる最善の道だ。

「おい、タクシーを……」

次の瞬間、顔を上げた真央が、累の胸倉をつかんでいた。

「ちょっ……」

驚いて手を振り払おうと身をよじった累だが、気圧されてほどけない。

涙で濡れた、真央の大きな目が、キラキラと輝きながら近づいてくる。

「うっ、ぐすっ、だっ、だからっ、だから、『マオの旅』はすごいんだからっ……私のじんせいっ、変えちゃうくらい、男の好み、決めちゃうくらい、すごいんだからっ……！」

すごい勢いだ。累の頭が前後に揺れる。

「本当にっ……わたしぃ……、あなたの書くお話、大好きだからぁ〜！　だからっ、誰も望んでないなんて、悲しいこと、言わないでくださいっ……！」

累のカットソーをつかんでなおも言い募る真央の言葉に、累は絶句した。

「はっ……？」

彼女はいったいなにを言っているのだろう。混乱のあまり息が止まりそうになって、喉がひゅうっと隙間風のような音を鳴らした。

「だからっ……すき、好き、だから……否定、しないでっ……。そんなの、お話がかわいそうだよぉ……うっうっ……グスッ……」

「――」

そこでようやく、理解できた。

前回編集者ふたりを追い返したときに、自分が言った言葉を彼女は必死に否定しているのだ。

（そこまで……？）

深夜に突撃してきた迷惑な編集者は、子供のように涙をポロポロとこぼしながら、何度も「好きだ」を繰り返している。

大きな目に涙をためて、自分がずっと拒絶してきた『マオの旅』は素晴らしいのだと叫んでいる。

ご近所に聞かれたら恋愛トラブルだと勘違いされそうだが、累は真央を止められなかった。

肩を震わせてヒックヒックとしゃくりあげる真央を見て、その熱量にあてられ、どう振舞うべきか、正常な判断ができなくなりそうだった。

「――わかった」

ややして絞り出した累の声はかすれていた。

「ほんとに……？」

真央が上目遣いで累を見上げる。

唇がへの字だ。まるで幼稚園児だ。だが妙にかわいいと思ってしまった。

「ああ。だから泣くな……」

累は真央の頬に流れる涙を指でぬぐう。

そうしたいと思ったからだ。

だが『わかった』と答えながら、それが自分の本心かどうか判断できなかった。なぜならそれは累を十年縛り付けて来た呪いだったから。

(俺の作品は誰も幸せになんかしない……好かれていいはずがない……)

だから今はこの編集者を泣かせないため、この場を収めるために適当に合わせただけのような気がしたし、だがその一方で、もしかしたらそうじゃないかもしれないと、不思議な気持ちになった。

もしかしたら自分の作品は、彼女以外にも大事に思ってくれる人がいるのかもしれないと──。

累の心臓がドクンと跳ねる。

(そんなことが本当にありえるんだろうか)

聞こえるはずもないのに、鼓動を真央に聞かれたらどうしようと無性に恥ずかしくなる。

後先考えずに真央の涙をぬぐっていた自分が信じられず、そのままこぶしを握り締める。

だが真央はそんな累の葛藤もいざ知らず、酔っ払いらしくさっと涙を拭いて、

「よかった～！　じゃあ私帰りますね……！」

あっけらかんと笑うとぺこりと頭を下げる。

「え……あ、ああ……」

拍子抜けだが、とりあえず帰ると言ってもらえて安堵《あんど》した。どうも彼女の存在は心臓に悪い。

「失礼、しま……したぁ……」

そのままくるりと踵を返した真央を見送ろうとしたのだが、彼女はぐらあっと背中からゆっくりと累のほうに仰向けに倒れてきた。

「うわぁっ……！」

累は慌てて段ボールを三和土《たたき》に置き、真央を背後から抱き留める。ふわふわと柔らかい感触に一瞬ドキッとしたが。

「ぐう……」

なんと累に抱き留められた真央は目を閉じ、安らかな寝息を立てているではないか。

累は思わず真顔になる。

「寝てるって……嘘だろ……!?」

真央を抱き留めたまま茫然としていると、今更「うにゃあ！」とだいふくが家の奥から姿を現し、真央が持ってきた段ボールの上に、どっしりと香箱座りで座り込んだ。気に入ったらしい。腰を据える雰囲気が漂ってきて、また累はがっくり来た。

「こら、今頃やってきて、そんなところに座るんじゃあないっ……！」

だが猫は人の言うことなど聞かないものだ。ゴロゴロと喉を鳴らしながら目を閉じる。

「はぁ……最悪だな。どうしろってんだよ、まったく……」

これも散々彼女を振り回した罰なのだろうか。

累は固まったまま、すやすやと眠る真央を見下ろす。

まるで子供のように無垢な表情だ。

「まったく……」

累は体を折り曲げるようにして前かがみになると、真央の膝裏に腕を入れてひょいと抱き上げる。

脱力した人間というのは非常に重いので、軽々とはいかない。

「くそっ……」

累は舌打ちしながら、それでも真央を落とさないよう二の腕に力を込め、廊下の奥へと歩き出していた。

第三話　作家の告白

頭を動かすと、かすかに頭の奥で痛みが走った。

「いたた……」

真央は布団の中で小さくうめいて、開けかけた目を閉じる。

（これはあれだ……久しぶりの二日酔いだ……）

あんなに飲んだのはいつぶりだろう。おそらく染谷と別れた後に、ひとり自宅でやけ酒をしたとき以来ではないだろうか。思い出したくないが忘れられない、いやな思い出である。

昨晩はバルでビールをしこたま飲んだ後、いい気分になって自宅まで帰り、それからなぜか猛烈に部屋の模様替えをしたくなって、気がつけばスーツのまま掃除をしていた。

だが、それからのことが記憶にない。猛烈にテンションが上がっていたような気がするが、思い出せない。

（まぁ、今日は休みだし……このままゆっくり昼まで寝て……それから起きればいいか）

真央はもぞもぞと布団の中にもぐりこむ。顔の近くで、猫がゴロゴロと喉を鳴らしている音が聞こえた。

（畳の匂いのするお布団と猫……最高の組み合わせだよねぇ……）

十年前、とある事情でおばあちゃんの家で暮らしていたころを思い出し、懐《なつ》かしくなった真央だが、ふと気がついた。

（猫……？）

なんだかおかしい。真央の一人暮らしの家に猫はいない。

妙にリアルな夢だろうかと目を開けると、白い塊が目の前にお供えのように鎮座していた。

見覚えのあるシルエットに心臓が跳ねる。

「……えっ、だいふく⁉」

驚いて跳ね起きると、見慣れない景色が目の前に広がっていて、真央は驚愕した。

「ここ……どこっ……？」

広さは八畳くらいの和室で、小さな箪笥があるだけでまったく見覚えがない。部屋の真ん中に敷かれた布団で、真央は眠っていたようだ。枕元には真央のスーツの上着、そしてバッグが置かれている。中からスマホを取り出すと土曜の朝八時だった。

「えっ……ちょっと待って……だいふくがここにいるってことは……えっ……？」

頭の中がグルグルし始める。

「うにゃーん……」

茫然とその場に座り込んだままの真央の膝に、だいふくが右手をのせる。小さな手だがずっしりと重い。その重みがこれは現実だと、真央に知らしめているようだった。

真央はだいふくを抱き上げ、少しだけ開いたふすまに手を掛ける。

和室の外には、ガラス戸越しに庭を一望できる廊下が続いていた。あたりをきょろきょろすると、廊下——ガラス戸を開け放った縁側の端で、ひとりの青年がなにかを読んでいる姿が目に入った。

方丈累だ。

縁側から見た庭の風景にも見覚えがある。こうなるともう答えはひとつしかない。

「あっ……あのっ……！」

真央が半泣きになりながら声をかけると、累は顔を上げて切れ長の目を細める。

「……目が覚めたか」

「なんで私、ここにいるんでしょう！」

「酔っぱらったお前が、うちに突撃してきたからだろ」

「やっぱりぃ……！」

想像通りの回答に、真央は打ちひしがれるようにそのまま廊下に崩れ落ちていた。

「すみませんすみませんすみません……！」

もう謝るしかない。百パーセント自分が悪い。真央は必死に額を廊下に押し付ける。

「こんな非常識な編集がいるとはな」

非常識。累の言葉がぐさりと刺さったが、まったくその通りだ。編集以前に、人として終わっている。

「申し訳ありませんでしたぁ！」

真央の大きな目がうっすらと涙で潤む。

自宅に帰ったはずなのに、なぜ累の家まで行ってしまったのだろう。なんにしてもひどすぎる。仕事を頼む以前の問題だ。通報されても文句は言えなかった。

そうなると自分は間違いなく首だ。一葉書房を残すどころではない。

「私、不法侵入したんですね……！」

「は？　不法侵入って……なんだそれ」

笑いをこらえたような声がした。顔を上げると累と視線が合う。

（わ……笑ってる……）

と言っても大きく口を開けて笑っているわけではなくて、形のいい唇の両端をちょっぴり持ち上げて、目を柔らかく細めているだけなのだけれど。間違いなく方丈累は真央に向かって微笑んでいたのだった。

朝日に照らされた方丈累は、とてもきれいだった。やんわりと黄金色に縁取られて、黒髪がキラキラと輝いている。

（きれい……）

一瞬、自分のしでかしたことを忘れて、累に見とれてしまっていた。

「玄関を開けたのも俺だし、お前を家の中に運んだのも俺だ」

「不法侵入じゃなく？」

「かろうじてな」

「いやでも押しかけたのは私ですよね……」

「お前は最初からそうだっただろ」

そして累はまたクスッと笑って、彼の隣に置いていた段ボールを手のひらでポンポンと叩く。

「これ、読んだぞ」

「え……あっ！」

真央は驚いて累のもとへと這い寄り段ボールを覗き込んだ。

「私の卒業論文！　あ、大量のレポートもある！　なぜここに？」

それはクローゼットに押し込んでいた学生時代の遺物だ。

「あんたが持ってきたんだろ。べろんべろんに酔っぱらって、俺にこれを読めって強要して……あんまりしつこいから読んだ」

文学部卒の真央は、当然のように『マオの旅』を卒業論文のメインテキストとして選んだ。ちなみにテーマは〈『マオの旅』における、時代による正義と家という集合体について〉である。

「うわぁぁ……！」

真央は絶叫しながらまた頭を抱えた。

「許してください！」

「だからなぜ謝るんだ」

「だって……私……最悪っ……！」

真央は悶絶する。

おそらく酔っぱらった自分は、部屋の掃除をしているうちにこれを見つけたのだろう。そして中を見て、ＲＵＩにいかに『マオの物語』が素晴らしい作品なのか、愛されている作品なのか知ってほしくて、いてもたってもいられなくなったのだ。

（彼はどこか……『マオの旅』から目をそらしているように見えたから）

真央は、はあっと息を吐き、さらに深々と頭を下げる。

「本当はもっと……自分の好きを押し付けるだけじゃなくて、ＲＵＩ先生と話がしたいのに……私ったら……本当に……もうっ……すみません！」

その言葉を聞いて、累は肩をすくめ、どこか諦めたようにつぶやいた。

「いや……おかげでお前が、本気で俺のこと好きなのはわかったよ」

累の声色は確かに呆れていたが、同時にどこか甘さをにじませていて、真央はビクッと体を震わせた。

(好き……? もしかして私、累さんのこと、男性として好意的に見てる、みたいな告白をしたってこと⁉)

普通に考えれば、『俺のこと』というのは、彼の作品だ。作家にとって作品はわが子同然、イコール自分といってもいい。だが今の累の言葉は、言葉のまま、彼を男性として好きだと告白してしまったようにも聞こえて、心臓がありえないくらい跳ねる。

そんなつもりはなかったが、いつの間にか自分は無意識に彼をそういう目で見てしまったのだろうか。だとするとかなり恥ずかしい。

みるみるうちに顔が熱くなる。鏡を見なくたってわかる。今自分は顔が真っ赤だ。

真央は冷たくなっていた手を頬に押し付け、一生懸命顔を冷やそうとしたが、なかなか熱は引いてくれない。だがそんな真央を見ても、累は不思議そうに見つめるだけだった。

「――えっと」

真央は顔を赤く染めたまま、累の顔をチラチラと見つめる。陰のあるイケメンはタイプではないのだが、つい意識してしまう。

「好きなんだろ、『マオの旅』」

「あっ……はい、はいっ……大好きです！」

やはり作品のことだった。紛らわしいが、どう考えても含みがあった気がする。普通の女性なら勘違いするに違いない。

（もしかして無自覚ってやつ？）

だとしたら、染谷とは違うタイプの悪い男だ。

「すごい熱量だったけどな。まさか卒論までとは思わなかった」

レポートを段ボールに仕舞いながら累がつぶやく。

「そこの文学部に入ったのも、児童文学で有名な先生がいたからで」

真央は説明しながら、胸を撫で下ろしていた。

（そうよね……私は『マオの旅』が大好きなんだもん。作品と重ねて作者に理想を押し付けたりはしないもんね）

とはいえ、そもそも酔っぱらって異性の家に突撃した自分に、弁解の余地はない。

真央は表情を引き締めると、改めて頭を下げた。

「ＲＵＩ先生……その、本当にご迷惑をおかけしました」

「累でいい」

「えっ……でも……」

「先生じゃない。累だ」

「るっ……?」

さすがに名前を呼ぶのはどうだろうと思ったが、ここまで言われたら受け入れるしかない。彼はどうして先生と呼ばれたくないのだろうか。

理由を知りたいが、累が踏み込まれたくないと思っているのは間違いなさそうだ。

(もう少し……彼のことを知ってからにしよう)

真央は少しばかり緊張しながら、「はい」とうなずいた。これを雨降って地固まるというのだろうか。

(なんだか変なことになっちゃったな……)

とはいえ、ほんの少しでも彼の心の内側に近づけた気がして嬉しい。

「とりあえず……朝メシでも食うか。俺もまだだから」

累はそう言って立ち上がると、スタスタと歩き出した。

「あ、待ってください……!」

真央も彼のあとを慌てて追いかける。

台所はごく普通の広さで、おばあちゃんの家の台所を思い出させる、どこか懐かしい雰囲気だった。ダイニング部分には四人掛けのテーブルがある。いつもここを使っているのだろうか、きれいに拭かれたテーブルもふるめかしい。

（もともとはご家族で住んでいた家なのかな？）

真央はそんなことを思いながら、冷蔵庫の中を覗いている累を見つめる。

（もしかしてこれって、私のために朝ご飯を作ってくれるってこと？）

憧れの作家に、手料理を振舞われるというまさかの展開に、ドキドキと胸が高鳴る。だが累はすっと顔を上げ、冷蔵庫をパタンと閉じるとまじめな顔で真央を振り返った。

「なにも入ってなかった」

「えっ」

「すまん。水しかない」

累が真顔で言い放つ。あまりにも普通に言われたので、真央は不意打ちをくらった気がした。

「ふっ……ちょっ……あはは！」

真央が大きな口を開けて笑いだすと、累はさらに言葉を続ける。

「猫缶ならある」

「猫缶って！　それだいふくのですよね？」

「猫が食べられるんだから、人だっていけるだろ」

ふざけているわけではなさそうだ。累が頭上の戸棚を開けそうになったので慌てて止めた。

「だいふくのものは、だいふくにあげてください」

「――そうだな」

累はうなずき困ったように髪をかきあげる。

「ほとんど料理はしない」

「でしょうね……」

せっかくの好意だが、猫缶をごちそうされるのはお断りしたい。

「あの……もしよかったら、私に作らせてください。すぐそこに七時から開いてるスーパーあったし」

別に狙ったわけではないだろうが、彼のすっとぼけた発言で真央の肩から力が抜けた。

「いいのか」

累は真央の提案を聞いて、切れ長の目をパチパチと瞬《またた》かせる。

そんな姿を見ると、彼も普通の同世代の男なのだと少し安心できる。

「もちろんです。泊めていただいたお礼にさせてください」

もしかしたら嫌がるかと思ったが、累は真央の提案に素直にうなずいた。


ふたりで近所のスーパーへと向かい、何もないと言うので、基本の調味料を一そろいと野菜や卵、干物などを買い込む。支払いは累がしてくれた。迷惑をかけているのだから自分が出すと言ったのだが、受け取ってもらえなかった。

「食べられないものってありますか？」

「たぶんない」

累は首を振る。

「わかりました。じゃあその……私が作るので、その間自由にしていてください」

真央はペコッと頭を下げて、さっそく料理に取り掛かることにした。

料理をしないと言うだけあって、台所には炊飯器もなかった。とりあえず一人用の土鍋を発見したのでまず米を炊く。お味噌汁の椀で水を二杯、鍋に投入し皮をむき短冊切りにした大根とたっぷりの水で戻したわかめも入れる。一煮立ちさせたあとで顆粒だしを投入し、火を小さくして味噌をとくと、台所にお味噌汁のいい香りがふんわりと漂い始めた。

「——ごはんっぽい匂いがする」

声に振り返ると、なんとすぐ背後に累が立っていた。まじめな顔をして真央の肩越しに手元を凝視している。

「ちっ、近いですよ!?」

「見ていたい」

「そ……そうですか」

少し照れくさいが向こうに行けというのも悪い気がして、真央は仕方なく手元に集中する。

メインはアジの干物だ。洗い物が増えると面倒なので、干物はグリルではなくフライパンを使う。専用のシートを敷いて皮目から中火で焼くと、ご飯を蒸らしている間にパリッと焼ける。そうやって魚を焼いている間に、大根の葉をごま油とお醤油で炒めていると、だいふくがやってきて、真央の足元で「なーん！」と鳴いた。

「もしかしてお魚が欲しいの？　でも人のモノはだめよ。塩分があるからね」

累がだいふくを抱き上げながら、首を振る。

「いや……こいつは人の食べ物は欲しがらない。好奇心が強いから、あんたの料理するところを見てみたいんだろう」

「へぇ……」

振り返ってみると、累の言うとおり、だいふくはどこか満足げな表情で、累の腕の中でくつろぎながら、真央の手元を見下ろしているようだ。

「えっと……観客が増えたってことでしょうか」

「俺が台所に立っても、使うのはせいぜい電子レンジくらいだからな。見ごたえがあるんだろう」

累はまたクスッと小さく笑って、そのままだいふくの顎先を指で撫で始めた。

（優しい顔……するんだな）

真央は今まで一方的にまくしたてるばかりで、累の些細な表情の変化に気がつかなかった。だがこうやって新たな発見があると、なんだかとても得した気分になった。

「できました」

炊き立てのご飯に大根とわかめのお味噌汁、大根の葉の炒め物に、アジの干物に少し甘めの卵焼きを、ダイニングテーブルに並べて向かい合う。累は料理はしないと言っていたが、調理器具や食器はどれもしっかりしたものが多かった。包丁は瀬戸物の茶碗の裏を使って研がせてもらったが、以前は誰かがきちんと料理をしていたのかもしれない。

「いただきます」

だいふくは真央の調理が終わると満足したのか、さっさと台所を出て行ったので、累とふたりきりだ。

彼がきちんと手を合わせるのを見て、真央も同じく手を合わせた。

別に凝ったものを作ったわけではない。いつも自分が作っているような日常のごはんだ。だが累の口に入るとなると妙に緊張してしまう。お味噌汁を飲みながらついチラチラと累の様子を見てしまった。

ゆっくりと椀に口をつけ、大根を口に運ぶ。アジの干物にきれいに箸を入れながら、身をほぐしていく。

（あ……累さんって、食事の所作がすごくきれいなんだ……）

伏せたまつ毛が頬に影を作っている。箸をもつ指はほっそりと長く美しかった。あまり見ては失礼だと思いながらも、そんなところまでつい見とれてしまっていた。

「ん？」

真央の視線に気がついたのか累がなにかあったかと顔を上げる。

「あっ……その……」

なんと言い訳したものかと焦っていると、「うまいよ」と累はつぶやいた。

「え……」

思わぬ賛辞に真央の心臓が小さく跳ねる。

「この大根の葉っぱの炒めたやつとか……今どきこんなことするやついないだろ」

そうは言う累の目はどこか優しい光をたたえているように見えた。パクパクと食べながら、どこか懐かしいと言ってる気がした。

（――って、私の勘違いかもしれないけど）

でも勘違いじゃなければいいなと、心のどこかで考えてしまう。

「確かにおばあちゃん直伝なんですよ。一時期、両親と離れて祖母の家にいたので」

「離れて？」

「はい」

累の問いに真央はこっくりとうなずき、大根の葉の炒め物を口に運んだ。しゃくしゃくと噛むと、ほんの少しだけ苦みが走る。子供のころはあまり好きではなかったはずだが、大人になれば真央の好物になっていた。

「私、中学二年のとき、いじめられてて……学校に行けなくなっちゃって不登校だったんです。両親共働きだったから、祖母の家に預けられてました」

「お前が？　その性格で？」

「えっ、どういう意味ですか！」

少々納得がいかない真央だが、累は軽く首を振った。

「いや……友達が多い部類だろう。お前は」

「──そうですね。どちらかというと、そうだったかもしれません」

真央は苦笑する。

正直、中学二年生の真央に突如訪れたいじめの理由は、今でもよくわからない。挨拶を無視したとかされたとか、真央にはまったく身に覚えのないことだった。だがそれまでごく普通の『いじめ』というものを知らなかった真央は、突然自分が教室で孤立したことにパニックになり、学校に行けなくなってしまったのだ。

「両親が家庭教師をつけてくれて、勉強には困らなかったんですけど……そのお姉さんに『真央ちゃんと同じ名前の主人公だよ』って、『マオの旅』を貸してもらって……私の人生は変わったんです」

真央は茶碗と箸を置いて、テーブルの向こうの累を見つめた。

「私、それまであまり本なんか読んだことなかったんです。本が好きでもなかった。だけど『マオの旅』には夢中になりました。もちろんマオは男の子だけど、読んでいるときは自分だと思ってて。マオがへこたれたり、現実に帰りたくないって思うたびに、私もそう思って……学校なんかいやだ、行きたくないって……でも……」

真央はいったんごくりと唾を飲み込み、いったん視線を落とした。

言葉がうまく出てこない。

気がつけば喉がカラカラだった。

今まで何度も読書感想文や学校のレポート、最終的には論文まで書き上げたというのに、真央の中にはたくさんの思いがあるはずなのに、作者本人を前にすると、途端に口が重くなる。

それでも真央は伝えたいと思った。

彼が書かないという選択をしていることはわかっているが、伝えたかった。

「日常に帰ることを選択したマオが現実で頑張ってくれたから……私も頑張ろうって思えました。マオがいてくれたから……今の私があるんです」

そして真央はまた顔を上げて、みじろぎもせず累を見た。

「あなたの物語のおかげで、私は今こうやって楽しく生きてます。本当に……ありがとうございました」

そして真央はペコッと頭を下げた。

（こうやって直接RUI先生に感謝の言葉を告げられたんだもの……。もう思い残すことは……いや、ないとは言い切れないな……でも無理強いはおかしいし……）

真央がそうやって一人で悶々と悩み、なんとか自分を納得させようとしていると、同じく食事の手を止めていた累が、軽く息を吐いた。

「――すまん」

なぜ今の流れで累が謝るのだろう。

「どうして累さんが謝るんですか？　これまでのこと、悪いのは全部私ですよ！」

真央は慌てて椅子から立ち上がり、うつむいた累の顔を上げさせた。

「そうじゃない」

累ははっきりと言って、真央を見つめ返した。

「本当は書きたくないんじゃない。書けないんだ」

「え……？」

書きたくないわけじゃないという告白に、真央は息をのむ。

逆に言えば、もしかして書く気はあるということなのだろうか。

「どうしてですか……？」

書けない原因を取り除けば、彼はまた筆を取ってくれるのだろうか。

逸《はや》る気持ちを抑えて問いかけた真央だが、累は無言でうつむき、味噌汁の椀に口をつける。どうやら理由までは言いたくないらしい。

話す気がないものを無理強いしても仕方ない。少なくとも彼は、書けないと真央に教えてくれたのだ。間違いなくこれは進歩だ。

(焦るのはやめよう)

結局真央もそれ以上はなにも言わず、干物を口に運んだ。

だが諦めかけていた真央の気持ちは、また息を吹き返すきっかけをもらえたようだ。

それから食器を片付け、ふたりでお茶を飲んだ後、真央はまた何度も頭を下げて方丈家を後にした。

「また来ます」

「――お前、変わってるな」

累がかすかに微笑んだ。

だが玄関の引き戸にもたれるように立っていた彼は、「もう来るな」とは言わなかった。

真央はそれだけで嬉しかった。

真央の唇から鼻歌が漏れる。足取りもほんの少し軽やかになっていた。

あっという間の週末だったが、真央はまた月曜日から方丈家を訪れていた。時計の針は朝の七時を指している。

「――ほんとに来たのか」

「ええ……来てしまいました。朝早くにすみません」

「で、その大荷物は？」

呆れたように真央を見下ろす累に、真央はまじめにうなずいて両手に持っていた袋を差し出す。

「累さん、書きたくないいんじゃなくて、書けないいんだって言いましたよね。そこにはなにかしらの理由があるわけで……。だからその……いろいろ考えたんですけど、思いつかなくて。とりあえず累さんには心身ともに健康でいてほしいので、栄養のある食事をと思いまして。作り置きのおかずです。まぁ、安定のおばあちゃんっぽいメニューなんですけど」

ちなみにメニューは大根と鶏肉の煮物、かぼちゃのそぼろ煮、なすと厚揚げの煮びたし。大豆が入ったひじきの煮物と、紅茶豚、蒸し鶏、牛肉のしぐれ煮と盛沢山である。

「作っているうちに、どんどん気合が入ってしまいました」

冷蔵庫が空っぽで、電子レンジしか使わないと言っていたので、基本温めれば食べられるものばかりだ。真央は照れながら微笑む。

累の苦悩の理由はわからないが、少しでも彼に元気を出してもらいたいという一心だった。

「――あんたはメシ食ったのか」

累が軽く首をかしげる。

「いえ、まだですけど。早めに出てきたので、会社で食べようかなって」

「じゃあ今、一緒に食えばいいだろ」

「えっ……いいんですかっ？」

真央はびっくりして累を見上げる。

「なんでだよ、あんたが作ったんだ。当然だろ」

累は唇の端を持ち上げるようにして笑うやいなや、真央の手首をつかむとそのまま玄関の中へと引き寄せた。

「ひゃっ……」

慌てて靴を脱ぎ、腕を引かれたまま台所へと向かう。結局おととい の朝のように、ダイニングテーブルで向かい合っていた。

べた。

（なんだか……信じられないな）

だが累は相変わらずきれいな所作で箸を口に運び、真央はそれに見とれながら朝食を食
「――ごちそうさまでした」

丁寧にごちそうさまを言う累に、真央はちょっと照れながらペコッと頭を下げる。

それから累が用意してくれたお茶を飲んだ。料理はしないがお茶を淹れるのは得意らしい。日本茶のうまみがぎゅっと濃縮された煎茶を最後の一滴まで楽しみ、真央はほうっと息を吐いた。食器を洗おうとしたが、それはしなくていいと首を振られた。

「もう仕事に行く時間だろう」

「あ……はい」

こくりとうなずくと、「明日、仕事が終わったら来てくれないか」と累が言葉を続けた。

「俺が書けない理由を知りたいんだろう。毎日押しかけられても困るから、話す」

「……」

累の黒い目は静かだった。今はその目からなにも読み取れない。

「わかりました。たぶんお伺いするのは七時過ぎくらいになると思いますが」

緊張を抑えてそう答えると、累がふわっと表情を緩める。

「ついでに飯も食って行け。あんたが作ったんだからな」

「は、はい……」

真央は自分の耳に熱が集まるのを感じていた。

なぜだろう。累が目を細めるだけで真央の心臓はぴょんと跳ねてしまうのだ。

アッシュ王子のようにお日様に似た微笑みではないのだけれど、目を細めて、吊り目ぎみの目じりをほんの少し下げるだけで、胸がぎゅうっと締め付けられるような感覚を覚える。

(なんだろう……この感じ)

心の中で考えるが、よくわからない。

それから真央は累とだいふくに、玄関まで見送ってもらう。

「行ってらっしゃい。車には気を付けろよ」

「は……はいっ！　行ってきます！」

軽く手を上げた累に深々と頭を下げて、真央は何事もなかったかのように踵を返し、駅に向かって駆け出していた。

「おはようございまーす！」

始業十五分前に一葉書房に一歩足を踏み入れると、真央以外の全員が出勤していた。出版部門と言っても基本的には、ほかの部署と同じ九時始業だ。

「おはよう、櫻井ちゃん」

「おはよーございますっ」

挨拶をしてデスクにつくと「いつもより遅いの珍しいね」と、井岡がさらっと口にする。

「ちょっと……寝坊しちゃって」

さすがに方丈累の家に押しかけて、自分の手料理をふるまい、一緒に食べてきたとは言いづらい。井岡は恋愛話が大好きなので、真央が累によからぬ感情を抱いているのではと、勘違いされるのも避けたい。

(私はそういうんじゃないし……！　編集者としてあくまでも仕事をしているだけだし！)

ぶんぶんと頭を振って、パソコンを立ち上げる。

(とりあえず、ここ何年かの客注データをまとめよう。たぶんだけど、累計一千万部だって言われても、累さんには現実味がないんだ。これだけ望まれてる、今でも愛されているんだって知ってもらったら、少しはとらえ方が変わるかもしれないし)

明日、彼は自分に話してくれると言った。だが自分は編集者だ。待つだけではなく、違ったアプローチで作家である彼を支えたい。

「よしっ、やるぞっ」

真央は小さな声で自分を励ましながら、パソコンの画面と向き合うことにした。

翌日、真央は仕事をほぼ時間通りに終えてから方丈家に向かい、約束通り一緒にごはんを食べ、それからお茶を用意して場所を移動した。

真央が酔っぱらって押しかけた夜に寝かせてもらった客間だ。小さなちゃぶ台を間に挟んで、腰を下ろす。

鞄の中には、昨日作った資料が入っていた。累が自分は望まれていない作家だと言ったら数字を見せて、『マオの旅』は一過性のブームではなく、長く愛されている作品なのだと改めて説明するつもりだった。

(とうとう……話してもらえる……)

正直言って、今日は朝からずっと緊張していた。真央は座布団の上で正座をし、目の前の累を見つめた。

彼が自分に話してくれた言葉を、なにひとつ聞き漏らさないように意識を集中する。

「——俺がブログを書き始めたのは、小学校六年生のころだ」

真央が持ってきた羊羹を切り分けながら、累がぽつりぽつりと話し始める。

「うちの両親は共働きで、どっちも俺が物心ついたときからバリバリと外で働いていた。

でも、家族の仲は悪くなかったと思う。数か月に一度、なんとか両親は休みをすりあわせて俺のために時間を作って、外出してくれてたし、俺が欲しいものは何でも買ってくれた。本当に、ごく普通のどこにでもある家だったと思う」

累はお茶を口に含み、唇をしめらせてまた言葉を続ける。

「六年生の進級祝いにパソコンを買ってもらって、俺はブログを始めた。両親は出張で家を空けることも多かったから、ふたりに読んでもらうために書き始めたんだ。両親も喜んでくれてたよ。だけどそのうち、俺は自分で考えたお話も、ブログにのせるようになった」

「それが……『マオの旅』？」

大好きな本のルーツを聞いているはずなのに、あまり胸が弾まないのは、累の表情がどこか悲しげだからだろうか。

真央は一言も聞き漏らさないぞと心に決めながら、累を見つめ彼の言葉の続きを待つ。

「ああ。俺は本が好きだったし、話を考えるのも好きだった。六年生から中二のころまで、不定期ながら書き続けていた。ＰＶなんて微々たるもんだ。月に１００もなかったよ。でも両親の喜んでいる顔を見たくて始めたものだから、全然気にならなかった。面白いよって言ってもらえて、本当に嬉しかった」

そして累は、ちゃぶ台の上に置いた手をぎゅっと握る。

「——ある日ブログのメッセージボックスにメールが来た。それが葉山さんだった。『マオの旅』の感想と、本にして出版したいという連絡だった。俺は驚いて両親にすぐにメールを見せた。中学生の俺は知らなかったが、一葉物産は両親も知っている老舗の商社だった。翌週、俺は両親と葉山さんの会社に行って、『マオの旅』を本にするという話を了承した。正直俺はどうでもよかったけど、両親が『いい記念になる』って嬉しそうだったから……こんなに喜んでくれるなら、それでいいやと思ったんだ」

累は長いまつ毛を伏せて、ふっと乾いた笑いを浮かべる。

「家がおかしくなったのは、三巻が発売される前あたりからだ。マスコミに取り上げられて、信じられないくらいの大増刷がかかった。それから毎月毎月、俺の銀行口座に百万単位で金が振り込まれるようになった。両親が喧嘩することが増えた。俺はもう本を出さないほうがいいんじゃないかって思ってたけど、五巻分の原稿は全部渡していたし……やめたいって言ったら父さんに殴られて……もう嫌だって言えなくなった」

「……」

真央は息をのむことすら忘れて、累の形のいい唇を見つめる。

「母さんは身の回りが派手になった。高いバッグとか……ブランド品を買いあさるようになった。父さんはそんな母さんに怒鳴ってばかりで、ケンカが絶えなくなった。でもある日、口座からごっそりと金が引き出されて、父さんが浮気しただのなんだの大騒ぎになって……俺は学校に行かず、じいさんの家に逃げたんだ」

　累は顔を上げ、仏壇のほうに視線を向ける。

「祖父母で唯一健在だったのが、母方のじいさんだ。もともと高校の社会の先生で、ばあちゃんが早くに亡くなって、この家で一人暮らしをしていた。頑固一徹を絵に描いたようなじいさんだったけど、俺にはとても優しかった。逃げて来た俺をかくまってくれて、帰って来いと騒ぐ両親を追いかえし、葉山社長に直談判してくれた。葉山社長はすぐに印税の振込先を変えて、両親が勝手に引き出せないようにしてくれたし、信頼できる弁護士をつけて、俺の保護者を両親からじいさんに変えてくれた。読者からの手紙を装った母親からの連絡が来るようになってからは、手紙をチェックして、直接届かないようにしてくれた。とはいえ、金の生る木の俺を両親はなかなか諦めてくれなくて……高校は関西の寮があるところにしたし、じいさんが死んだあとは、九州の大学に進学したんだ」

「――」

「大学卒業後、じいさんが住んでいたこの家に帰ってきた。この三年、両親は一度もここに来なかったし、母さんにとっては実の父親のはずなのに墓参りにすら来ない。両親がどこでなにをしてるのか、俺は知らない。当時の携帯も捨てたし、今も持っていない」

　累は両手で目のあたりを覆いながら、ちゃぶ台に肘をつく。

「金なんてどうでもいい……いまだに振り込まれてるのは知ってるけど、銀行の人間が来て、投資がどうの、資産運用がどうのっていうけど……俺にはどうでもいい」

累の体がかすかに震えている。

「両親のことだけじゃない。俺が『マオの旅』を書かなければ、じいさんだって実の娘と縁が切れることはなかった。こんなことにはならなかった。俺は……ただ、両親に喜んでほしかっただけなんだ……。本当にただそれだけだったのに……全員を不幸にしただけだったんだ……！」

そして累は、そのままがっくりと、力なくうつむいてしまった。

「……そんな……」

真央は長い累の告白を聞きながら、何度か唇を震わせ、膝の上でこぶしを握り締める。

今日の前にいるのは、二十五歳の累ではない。『マオの旅』を書いていた、家族の不和に悩む十五歳の傷つきやすい少年だった。

彼の苦しみが痛いほど伝わってきて、胸がぎゅーっと締め付けられる。彼に見せるためだった資料も、もう出す気も起きなくなっていた。

『俺の書いた物語なんて誰も望んでない』と叫んだ累の気持ちが、今ようやくわかった気がした。

彼は昔の感性を忘れるどころか、今でもずっと十年前の痛みにとらわれている。

誰かを恨んでいるわけでも、拗《す》ねているわけでもない。ただ物語を紡《つむ》いだ自分が許せない。中学生で大金を手にして家庭は崩壊。大学を卒業するまで両親から逃げ続けて苦労の連続だったはずなのに、すべては自分のせいだと己を責め続けている。

そして彼は今でも、ファンレターすら読めない。

(こんなの……ひどすぎるよ……)

気を緩めたらすぐに泣いてしまいそうで、だけどそんなことをして彼を困らせたくないと、必死で自分を抑えていたが、もう限界だった。

「っ……ううっ……」

気がつけば真央の涙からぽろぽろと涙が溢れて、頬を伝いこぼれ落ちていく。

突然の真央の涙に、驚いたように累が顔を上げた。

「なんであんたが泣くんだよ」

あっけにとられたような累に向かって、真央は首を振った。

「だって、だってっ……ううっ……ひどいっ……累さんは、なんにも、なんにも、悪くないのにっ……ううっ……そんな、ご自分を、責めでぇ……っ」

累が部屋の隅に置いてあったティッシュケースを真央の前に置く。真央はまたしゃくりあげながらティッシュを両手で何枚か抜き取ると、そのまま顔に当ててちゃぶ台に突っ伏してしまった。

「――あんた、泣き上戸《じょうご》なんだな」

「ずびばぜんっ……」

話を聞いて、冷静でいなければと思うのに、苦しい。自分を支え続けてくれたＲＵＩが本当はとても孤独だったのだとわかって、悲しい。無力な自分が歯がゆかった。

「今の私がっ、累さんの近くにいたら、絶対っ絶対っ、おじいさんと一緒にっ、守ってあげられたのにっ……！　悔しくてっ……」

「――そうか」

肩を震わせて泣きじゃくる真央を見て、累の強張った表情が徐々に緩んでいく。

累は手を伸ばして、べそべそと子供のようにすすり泣く真央の後頭部を、そっと撫でる。

「俺の代わりに……泣いてくれるんだな……」

ぽつりとつぶやいた累の声は、真央の泣き声にかき消されてしまったけれど、その手のぬくもりは優しく伝わって、真央をさらに泣かせるはめになったのだった。

第四話　今できること

「櫻井さん、あれからRUI先生のほうはどうなってる?」

不意打ちのように葛西に尋ねられて、真央はすぐに答えられなかった。

キーボードを打っていた手を止めて、あいまいに首をかしげる。

「まぁ、ぼちぼち……」

累の書けない理由を聞いたのは昨日のことだ。

家族を不幸にした自分の物語を、累は愛せない。振り返ることすらできずに、目をそらし続けている。

重い内容ゆえ、まだ真央の中で消化しきれていないし、皆にも話せていない。

真央のあいまいな態度に葛西は少し迷っていたようだが、それでも言葉を続けた。

「――焦らせるつもりはないんだけど、社長との約束まで、あと二週間ちょっとしかないからね。RUI先生に書いてもらわないと、一葉書房がなくなっちゃうわけだし。なんとか頑張ってもらわないと」

「はい……」

真央はぼんやりとうなずいて、作成中のインタビュー記事に目を向けた。

（そうなんだよね……。書いてもらわないと、一葉書房がなくなっちゃうんだ）

一葉書房をなくしてほしくないという真央の嘆願は、ＲＵＩに新作を書かせることを条件にして一旦は受け入れられた。だが真央はそのことを累に伝えていない。彼に書いてほしいのは本心だけど、それは一葉書房を残してほしいからではないからだ。

（一葉書房の存続のために書いてもらったって、仕方ない。彼が本当に書きたいと思ったものを書いてもらわないと、それは『マオの旅』の続編にはならない……）

かつて両親を喜ばせるためだけに書いた『マオの旅』は、累にとって苦痛の原因になっている。そんな彼に『書いてほしい』というのは正しくないのではないだろうか。

真央はそんなことを考えて、積極的に動けなくなってしまっていた。

「すみません、ちょっと飲み物買ってきます」

どうも気分が落ち込んでいけない。真央は財布を持って、本社ビルを出た数軒隣にあるコンビニへと向かう。

（こういうときは甘いものだ！）

自分のためのアイスコーヒーとチョコチップクッキーを手にし、レジに並んだところで「支払いはこちらと一緒に」と隣から低い声がした。

驚いて顔を上げると、真央の前に長身の男が立っている。声の主はなんと一葉物産の社長である柳澤だった。

「ええっ？」

「なんだ」

柳澤は怪訝そうに眉を寄せたが、真央の分まで電子マネーで支払いを済ませてしまった。

「あっ、ああっ、ありがとうございますっ！」

どうやら彼もコーヒーを買いに来たらしい。自分の分まで支払ってもらっていいのかと焦ったが、背後に人も並んでいるので素直に礼を告げた。ふたりで並んでコーヒーメーカーでコーヒーを淹れる。コーヒーを手早く入れた後、店を出て向かう先は同じビルだ。

「ごちそうさまです。あの……社長もコンビニのコーヒー飲むんですね」

「俺をなんだと思っているんだ」

「いや……その……自分とは違う、雲の上の人だと思っていたので」

一葉物産の創業者一族で、元エリート銀行マン。彼が社長として就任して半年以上経つが、悪い噂は聞かない。むしろこの不況を乗り越えるための企業の再編に当たって、そんなところまで見ているのかという発言が、会議でポンポン出てくるという。

若さを理由に疎《うと》まれていた時期もあったようだが、やはりリーダーとしての素質がある人なのだろう。

（だからまぁ、ＷＥＢ媒体に移行するっていうのは、当然だし、仕方ないんだけど……）

彼が仕事のできる人間だから、一葉書房がなくなってしまう。そう思うと複雑だった。

「そういえばお前、『週刊サテライト』の見出し確認したか」

『週刊サテライト』といえば『日付以外はだいたい嘘』と言われるような下世話な週刊誌である。

「えっ、すみません知らないです。うちがのってるんですか？」

「まぁ、そうだな。大した内容ではないが一応確認しておけ」

柳澤はあっさりと引いて、両手が塞がっている真央の代わりに一階エントランスのエレベーターのボタンを押す。

「――俺の両親は小さいころに離婚していてな。俺は母に引き取られてからずっとふたりぐらしだった。母はお嬢様だったが、帰った実家はもう完全に傾いていて苦労した」

「え？」

唐突な会話に、真央は軽く首をかしげる。

「その一方で、父は実の親子でありながら祖父と折り合いが悪く、過去何度も自分で商売を始めてはその都度失敗して、今はどこでなにをしているかは知らん。葬式の連絡はないので、まぁ死んではいないだろう」

「……」

ふたりきりのエレベーターの駆動音が、静かな空間でごうんごうんと響く。

「櫻井。お前のインタビューを読んでみたが意外にもまともだ。ちゃんとしている。こうだろうという思い込みを持たず、自分の目で確かめて勉強した上でインタビューをしているのがわかる。だが私生活となると、途端にポンコツになるんだな」

「ポンコツ……」

「ああ、ポンコツだ」

背の高い彼の表情は見上げてもよくわからない。だが彼が自分の仕事を見てくれていると知って驚いたし、ポンコツだと言われたのも今の流れで当然だと感じた。

(私……人間が浅すぎるんだな……)

そういえば以前『金は二の次だと言いたいのか』と柳澤に言われたことを思い出す。なぜ気づけなかったのだろう。社長の孫だから苦労していないと、勝手に決めつけてしまっていたのだ。

仕事なら慎重になれるが、私生活ではどこか緩んでしまうらしい。

「――ありがとうございました」

それはイヤミでもなんでもなく真央の心からの感謝の気持ちだった。真央がペコッと頭を下げると柳澤がふっと鼻で笑う。

「まぁ俺も人のことは言えないんだが」

ポーンと音が鳴って、真央の降りる十二階に到着した。エレベーターを降りながら肩越しに振り返ると、

「俺を驚かせてくれ。それなりに、お前の頑張りを楽しみにしてるんだぞ」

と、柳澤は不敵に笑う。嘘か本当かはわからないが、それは彼なりの激励の言葉に聞こえた。


落ち込んだままの真央が一葉書房に戻ると、井岡が慌てたように真央を手招きした。

「あっ、戻って来た！　大変よ、『週刊サテライト』の速報！　見出しにＲＵＩ先生のことがのってるの！」

「えっ……えええっ⁉」

たった今、柳澤に確認しろと言われたばかりだ。まさか累のことだとは思わなかった。

真央は慌てて井岡に駆け寄り、彼女のスマホを覗き込む。

仰々しいフォントで見出しが並ぶ中、

【一世を風靡したベストセラー作家の正体！　『マオの旅』作者ＲＵＩの正体はイケメン実業家⁉　悠々自適の左うちわ生活！】

というのが目に入って、ひっくり返りそうになった。

「なっ……なにこれ！」

かつて祖父と暮らしていた家にひっそりと息をひそめるように住んでいる累が、なぜ実業家ということになるのだろう。真央が悲鳴を上げると同時に、葛西がタブレットを引っ張り出してきた。

「ちょっと待って。悔しいけど課金して、記事の中身をチェックしようじゃないか」

木曜日発売の『週刊サテライト』は前日の水曜日、午後四時に速報の形で記事のダイジェストをのせる。派手な見出しと短めの記事を読ませておいて、その場で課金すれば明日発売の雑誌よりも早く内容を知ることができるというシステムになっているのだ。

「うう……はいっ……」

正直、こんなでたらめを書く記事には、びた一文払いたくない気持ちがあるが仕方ない。

真央がうなずくと、葛西はいつものおっとりのんびりが嘘のような素早さで、手早く『週刊サテライト』の課金サイトへとアクセスし、電子マネーで支払いを済ませた。

葛西からタブレットを渡された真央は、急いで書かれている記事を読み上げる。

【今から十年前に発売されたベストセラー小説『マオの旅』の作者がどんな人物なのか、読者はご存じだろうか。彼は現在二十五歳。なんと十五歳のときからすでにビリオネアだった！】

そんな一文から始まるＲＵＩの記事だったが、中身はスカスカの嘘八百だった。読んでいくうちにどんどん頭に血がのぼっていく。

「RUI先生は、印税十億を元手に、今はいくつもの飲食店を所有するオーナーになっていて、毎晩豪遊してる……？　六本木のキャバ嬢がお気に入りで、マンションを買ってやるから俺と付き合えと言われた……あの、名作を書いた作家も、所詮は男だったのか……ファンはがっかりすることだろうって、なんなのこれ！　ほんとのことがひとつも書いてないんですけど――!!」

真央は持っていたタブレットを葛西に押し付けて、両手で顔を覆う。

「櫻井ちゃん、深呼吸、深呼吸して……！」

赤くなったり青くなったりしている真央の顔色を見て、井岡が焦ったように真央の背中を撫でる。

「っ、は、はっ、はいっ……」

うまく息ができずに体のバランスを崩す。足元がふらつき、立っていられなくなった真央は、自分の椅子にとりあえず腰を下ろした。

「ざっと見た限り、先生の写真はのってないみたいだね。本名も住所もない。とりあえず今は一般人扱いになってしまっているのかな……不幸中の幸いだよ」

真央の代わりに記事をチェックした葛西がほっとしたように息を吐くが、井岡は不愉快そうに顔をしかめる。

「だってRUI先生、町田のごく普通の住宅街のくたびれた一軒家で、猫と暮らしてるんでしょ？　ほんとのこと書いたら記事が全部嘘だってばれるだけだわ」

「まぁ、たしかにねぇ、そうだね。そもそも出所が『サテライト』じゃ、あまり本気にはされないっていうのもあるし……」

葛西はふんふんとうなずいて、それから茫然と椅子に座ったままの真央を気遣うように問いかける。

「櫻井さん、先生に連絡取れる？」

真央は気落ちしながら、首を左右に振った。

「それが……先生は携帯も持ってないんです。テレビはあるけど天気予報くらいしか見ないって言ってました」

今すぐ彼のもとに飛んでいきたい。真央の心にとめどなく焦りが生まれる。

「だったら逆にこれ見なくて済むかもね」

「そうですね」

真央はこくんとうなずいて、タブレットに映し出された記事を凝視した。

（トップ記事でもない、あくまでもたくさんある見出しのうちのひとつに過ぎない。『週刊サテライト』の記事なんて、誰も本気にしない……。でも彼自身がこれを目にしたら？）

もしかしたらひどく傷つくのではないだろうか。そう思うといてもたってもいられなくなった。真央は立ち上がってバッグをつかむ。

「すみません、やっぱり気になるので、様子だけ見てきます！」

「そうね。いくら『サテライト』発でも、そのほうがいいかも」

「気を付けて行ってくるんだよ」

「はいっ、すみません！　何もなければすぐに戻ってくるので！」

真央はペコッと頭を下げて、そのまま勢いよく一葉書房を飛び出していた。


「はぁはぁ……」

電車を降りて徒歩十五分の道を、真央は急いで向かっていた。

方丈家が見えてくる。もう少しだ。だが真央は生け垣の途中で足を止めてしまった。

「――正木、さん……？」

「あら、櫻井さん。こんにちは」

真央は呼吸を整えながら、今まさに玄関から出てきたばかりらしい正木と向き合う。

きっと彼女も自分と同じように、作家であるＲＵＩを心配してきたのだろう。

「先生とお話しできたんですか？」

玄関をちらりと見たが、引き戸は閉まっている。

「ええ。少しだけね」

するとは彼女はおどけたように肩をすくめて、「作戦失敗だったわ」と苦笑した。

「え？」

作戦とはいったいどういうことだろう。意味がわからない真央は、正木を見つめ首をかしげた。正木は苦笑しつつ言葉を続ける。

「適当なガセネタを流せば、否定したくなると思ったのよね。でも無理だったわ。先生、自分のことなんか、どう思われようがどうでもいいんですって」

「――」

真央は耳を疑った。

まさか彼女が今回のどうしようもない記事の元ネタだというのだろうか。

自伝を書かせるために、反論させるために彼を煽ったと言うのだろうか。

まさかそんなことをするはずがないと、真央は震える声で尋ねる。

「ちょっと待ってください。『サテライト』にガセネタを流したのは、あなたなんですか？」

すると正木は美しく巻かれた髪を耳にかけながら、艶然と微笑んだ。

「ふふっ……ちょっとしたスパイスになると思ったんだけど」

悪いことをしたとはまったく思っていない様子に、真央の頭の奥でプチンと何かが切れる音がした。今まで他人に感じたことのないような、怒りの感情が真央を包み込む。

「正木さん……それはだめです……！　絶対にやってはいけないことですよ！」

「どうして？　たかが『サテライト』の適当な記事じゃない。うまくいけばこれからの宣伝になるわ」

「宣伝って……！」

作家の人間性を揶揄《やゆ》する記事がなぜ宣伝になるのか。そうまでして自叙伝を出させたいのか、わけがわからない。

「だからね、私はただ売れる本を作りたいだけなの」

怒りで震えている真央に向かって、正木は少し声のトーンを落として答える。

「週刊誌に嘘八百書かせるのが、その手段として正しいとでも言うんですか」

挑むように問いかける真央に、正木は引くこともなく、猫のような目に爛々と光を宿す。

「そうよ。本が売れることは正しいわ。これだって売るための種まきの一つよ。いい？　この世にはね、面白いから売れてる本よりも、面白いのに売れてない本のほうがもっとずっと多いの。中身がよければ売れるなら、この世にマーケティングなんて必要ないのよ」

「だから作家だって利用するっていうんですか⁉」

「ええ、もちろんするわ。作家にとって本が売れること以上に嬉しいことなんてないもの。私はね、売りたいの。一冊でも多く、たくさんの人に、私がこれだと見込んだ作品を届けたい。担当した本が売れるなら、たとえ恨まれたって構わない。それに売れてしまえば作家だって、私が正しかったたって気がつくはずよ」

担当作品を常にベストセラーまで押し上げてきた、彼女の手腕がどんなものかはわからない。売れることがなによりも正義で、そして作家のためだと正木は本気でそう思っているのだ。

「正木さん……」

真央はぎゅっとこぶしを握って背の高い彼女を見上げる。

「あなたが全部間違っているとは言えない。本を届けるのは私たちの仕事だから……。でも、作家は違うわ。作家の仕事は作品を作ることであって、売ることじゃない。これぞと見込んだ本が売れなかったのなら、それは私たちの責任であって、作家の責任じゃないっ！　売るためにはなにをしてもいいなんて、傷つけてもいいなんて、ありえない！」

持っていたバッグを床に置いて、両手を伸ばして正木の腕をつかむ。

「作家を守るのも編集の仕事なのに、作家を傷つけるような真似をして、それで本当にいいものができるって思ってるんですか！」

真央が叫んだその瞬間、ほんの少しではあるけれど、正木が目を見開き、息をのんだ気がした。

だが表情が揺れたのは瞬きする間の短い時間だった。

「──青臭い、理想論ね」

そして正木は真央の腕を振り払うと、そのまま駅へと向かってヒールの音を鳴らしながら、行ってしまった。

「正木さん……」

真央は唇をかみしめながら彼女の後ろ姿を見送る。見えなくなっても、真央はそこから動けなかった。頭の中には正木の言葉がグルグルと回っている。

そして──いつまでそうやってぼんやりしていただろう。

「──おい」

低い声で呼びかけられて、振り返ると同時に、脛のあたりにごつんと衝撃が走った。

「わっ……！」

よろめくと同時に、体を抱き留められた。極度の緊張のせいか全身に力が入り、強張っていたらしい。

「るっ……累さん……？」

真央の肩を支えたのは累で、足元に体当たりをしてきたのはだいふくだった。

「だいふくもいる」

真央は苦笑して、自分の足もとをぐるぐると回るだいふくを抱き上げて、累に向き合った。

累が傷ついているのではないかとここまでやってきた真央だが、確かに累は正木の言うとおり、落ち着いているようだ。

「あの……今の聞いてましたか」

「聞いてた」

その言葉に、真央の心はズンッと重くなる。

「――大丈夫ですか」

真央がおそるおそる尋ねると、

「お前のほうがよっぽどひどい顔してるぞ」

と、累が薄く笑った。

「そう……ですか?」

「ああ。紙みたいに真っ白だ」

累の細くて長い指が、そっと真央の頬に伸ばされる。彼の指はひんやりと冷たかった。

「どうしてここまでするんだ。俺は書けないって言っただろ」

どこか自嘲するような声と眼差しに、真央の胸は締め付けられる。

確かにここまでする必要はなかったかもしれない。

「あなたは作家で……私は編集者ですから」

だけどそうしたかった。

私はなにがあってもあなたの味方だって。直接目を見て、手を取って、あなたが紡ぐ物語を守りたいと思っていると伝えたかったのだ。

けれど感情をうまく言葉にして伝えられない。

「……だから私は編集者として、作家のあなたに対してやれることを、やるまでです」

我ながら当たり障りのない表現だったが、そうとしか言えなかった。

「わからんやつだな」

累の指の背が頬を一瞬だけ撫でて、そのまま真央の腕の中でゴロゴロと鳴いているだいふくを抱き上げる。

「お前は俺を作家と言うが、十年書けない作家は、もう作家じゃないだろ」

そして彼はまた祖父との思い出が詰まった家へと戻っていく。

その後ろ姿に真央の胸はぎゅっと締め付けられる。目に涙の膜が張った。置いて行かれているのは自分のはずなのに、彼が自ら孤独な道を選んでいるような気がした。

「累さん……！」

大きな声で呼び止めても、彼はその足を止めることはなかったのだった。

真央はとぼとぼと来た道を戻りながら、社内のグループチャットにとりあえずスマホから【RUI先生、気にされてなかったです。今から戻ります】と送った。

気にしていないというのは正しいが、間違っているような気もする。本当は怒ってもいいのに、自分のことを大事にしない彼は、あんなゴシップですらどうでもいいと流してしまうのだ。

【お疲れ様。でももう戻らなくてもいいよ。直帰してください】

腕時計に目を落とすと午後五時を回っている。葛西からのメッセージに少しだけほっとした。今こんな状態で社に戻っても正直仕事が手に付かない。

(編集の仕事ってなんなんだろう……)

普通の出版社と一葉書房は確かに業務形態が違うが、編集という仕事内容に差はないはずだ。正木と自分のなにが違うというのだろう。真央は訳がわからなくなった。

(本屋さんにでも行ってみようかな……)

真央はその足で、駅周辺にある書店へと向かう。夕方は書店が混む時間だが、駅前の文《ぶん》桜堂《おうどう》書店の五階にある児童書のコーナーは、それほどでもなかった。

『マオの旅』が今も変わらず並んでいる姿を見ると、胸が詰まる。

もう来年には、一葉書房の背表紙を見られなくなるかもしれないと思うと、寂しくてたまらなくなった。

そうやって難しい顔で立ち尽くしていると、

「あれ、櫻井さん?」

緑色のエプロン姿の女性の書店員に声をかけられた。

真央は目の端に浮かんだ涙を指でぬぐうと、表情を引き締めて、頭を仕事モードに切り替える。

「北村《きたむら》さん。こんばんは。お疲れ様です」

北村は児童書の担当で年は真央の五つ上、ふわふわとしたショートカットでかわいらしい容姿だ。そして彼女も熱心な『マオの旅』の愛読者である。

一葉書房には営業職がいないので、編集が兼任している。年に数冊出すPR誌とビジネス書、それに『マオの旅』しか刊行物がないのだから仕方ないのだが、時折客注をかけてくれるような書店には、当然真央も積極的に顔を出しているので、自然と児童書担当とも顔見知りになる。

最近の児童書の動向や傾向について話していたところ、ふと思い出したように北村が口を開く。

「そういえば、一般書の担当から聞いたんですけど、最近よく大人の方から『マオの旅』ありますか〜って聞かれてるらしいんですよ」

「お子様へのプレゼントってことですか？」

『マオの旅』は児童書だ。基本的には児童書や、子供のための絵本を多く取り扱っているフロアにしか置いていない。

「いえいえ、そうじゃなくて。もちろんそういうのもあるんですけど、むしろ子供のときに読んでたあれ、また読みたいなって思ってるみたい。でも読んでる当時は、あれが児童書だったって意識がないでしょ？　一般書の大手出版社のあたりをうろうろして、ないなって思って、それで書店員に尋ねてくるみたいで」

「なるほど……。でもそれって、ないなーってそのまま帰ってる人も、結構いたりするかもしれないですよね」

「むしろそっちのほうが多いと思いますよ。ないならまぁいいや、みたいな。書店員に話しかけたくないなら、検索機もあるから使ってくれたらいいのに……。ここにあるのに売れないなんて、複雑ですよぉ……」

北村がはあと大きなため息をつく。

「それにほら、この辺りはマオが住んでる町のモデルになってて、『マオの旅』の聖地って言われてるし。新たに売れる要素あると思うんですよね」

はっきりと明言されているわけではないのだが、物語のマオが住む街は町田市にそっくりなのである。

祖父が住んでいる町だから、もともと馴染みがあってモデルにしたのかもしれない。

「RUI先生が今でもこの町に住んでるかもしれないって思うと、ドキドキしますよね。もしかしたらすれ違ってるかもっ！」

北村はニコニコと微笑みながらそんなことを言って、真央をドキッとさせたのだが——ふと次の瞬間、なにかが真央の頭の中でひらめいていた。

それはほんの小さなきっかけのようなものだったけれど、立ち止まり落ち込んでいた真央の背中を押してくれるアイデアだった。

「あの……あの、北村さん、ちょっとご相談が。お食事でもしながらお話しできないですか。それと一般書のご担当も、一緒にお話しできればと思うんですが」

「え？　いいですよ〜。一般書の担当、今日出勤してますし。聞いてきましょうか」

「ぜひ、お願いします」

真央は深々と頭を下げ、事務所のほうへと向かっていく北村の背中を見送る。

ドキドキと心臓が鼓動を打つ。

一葉書房の編集者として、累をこのままにはしておけない。

（うまくいくかどうかなんて、わからない……だけど……）

真央は北村に連れられて一緒にやってきた背の高い男性の書店員に会釈し、「お忙しいところ申し訳ありません」と言いながら二人へと歩み寄った。

三週目の月曜日。目の下に隈を作って出勤した真央に、井岡と葛西は目を剥いた。

「だっ、大丈夫?」

「大丈夫です……」

真央はこくりとうなずいて、自分のデスクの上にバッグを置く。

「ねぇ、あっちの作業台見たけど。あれ櫻井ちゃんよね。土日出勤して作ってたんでしょ?」

「はい……私の家じゃちょっと狭すぎて……すみません。散らかしちゃって」

「いやいや……散らかすってそんなこと思ってないって。普通にびっくりしたの。これもう立派な作品レベルだよ」

井岡は真央と一緒に作業台へと移動し、テーブルの上に広げている真央作成の地図を見下ろした。

サイズはA0。841×1189ミリメートルの大きさのポスター紙を地図に見立てて、いろがみを張り付け、ポスターカラーやコピックで絵を描き、丁寧な解説を書き込んである。マオが旅する世界の地図を作ったのだ。

「ポスターは異世界編と現代編の二バージョンがあって、一巻の旅立ちはここから、二巻はここ……って、わかるようにしてるんだね。そしてその国で起きる事件や新しい登場人物のイメージイラスト……これも櫻井さんが描いたの? ずいぶんうまいねぇ」

葛西もひょっこりと顔をだして、感心したように地図を見下ろす。

「大学の授業で絵本を作ったことあるんですよ。それが今役に立っている気がします」

真央はガッツポーズをして、それから唇を引き結び井岡と葛西を見上げた。

「先週、町田の文桜堂書店の担当さんとお話ししているときに気づいたんです。現場ではもっと売れたんじゃないか、届けられたんじゃないかって悔しがったりしているのに、私なにしたっけって……。いや、なにもせずに、黙って売れるものを受け身で注文を取って、売ってただけなんじゃないかって」

真央は目をこすりながら、つぶやく。

前社長に見る目があった。作品に力があった。時代がよかった。

いろんなことがかみ合って一千万部の大ベストセラーになった『マオの旅』だが、一葉書房に入ったのに、自分はなにか『マオの旅』に貢献しただろうか。答えは『否《いな》』だ。

ただ漠然と続きが読みたいと心の中で思っていただけで、なにもしてなかった。そして作者のＲＵＩにも書いてほしいと言うだけだった。それで編集者と言えるのだろうか。

そんなことをつらつらと考えていると、いてもたってもいられなくなったのだ。

自分にできることなどたかが知れているかもしれないが、とにかく作品に対する愛情は誰にも負けていないという自負がある。

だったらそれを誰が見てもわかるように形にするしかない。そう思ったのだった。

「これを見てください」

　真央はノートパソコンを立ち上げ、ふたりにディスプレイを向けた。

「先週の金曜日、一般書と児童書の担当さんとお話しさせていただいて『マオの旅』を一般書にも並べてもらいたいってお願いしました。ちょうど刊行されて今年で十年です。フェアを組むにはちょうどいいって話になって、オッケーいただきました。あとこの地図、パソコンで縮小版も作ったので、全国の書店さんに、ダウンロードして使ってもらえたらって思うんです。ＰＯＰとして使ってもいいし、一巻に挟み込んでもらってもいいかなって。あ、もちろん近場の書店さんには、私が直接挟み込みに行くんですけど……」

「櫻井さん」

　葛西がよれよれの真央の肩に、ポンと手を置いて顔を覗き込む。

「あ、あの、編集長、勝手にいろいろ進めてすみません。でも私ちゃんとやり遂げますから。日々の業務をおろそかにはしませんし、それに」

「違うって。金曜日に文桜堂の担当さんたちとお食事したんなら、領収書出しなさい。それ仕事だから」

「え？」

「それとこのポスターの件。とりあえず現物は町田の文桜堂さんに飾らせてもらうことにして、その前に、印刷所でちゃんとしたポスターにしよう。僕と井岡君も他の書店さんを回って、飾ってもらおうよ。その、ミニバージョンの挟み込みだって、三人でやればあっという間だよ」

「……編集長」

真央はぽかんと葛西を見上げた。

「僕たちも一葉書房の編集だよ。当然やるよ。仮に九月で閉鎖になったとしても、君の言うとおり、それまでやれることはあるんだよね」

まさかの言葉に真央は言葉が出てこない。

ずっとひとりでやらなければいけない、それが自分にまかされた仕事だと思い込んでいたが、そもそも彼らは最初からずっと真央をフォローしてくれていたはずだ。

「――ねえ、櫻井ちゃん。あたしにも考えがあるんだけど」

そこに新たに、井岡がキリッとした表情になりスマホを取り出した。

「『マオの旅』十周年を記念してSNSでアカウント作りましょう。たとえば櫻井ちゃんがこうやってポスターを作ってる作業だって、配信すれば立派なコンテンツになるわ。アカウント管理はまかせてちょうだい。インターネット黎明期を潜《くぐ》り抜けて来たあたしですからね。危機管理はばっちり。むしろ得意よ」

「井岡さん……」

井岡の提案にも、真央は目が開く思いだった。

目の前の作業に必死になって気がつかなかったが、確かにSNSアカウントは有用だ。インターネットなら、日本中の書店や読書好きに知ってもらえる機会が増える。

「お願いします！」

真央がキラキラした目で呼びかけると、

「よーし、まかせなさいっ！」

井岡は胸のあたりを、手のひらでパーンと叩いて仁王立ちする。

「というわけで、あたしは外に出られそうにないので、足を使って書店回りをするのは編集長ひとりでお願いします」

「そっ……そんなぁ……おじさんいじめだよ～。想像しただけで膝ががくがくしてきたよ～」

大げさに嘆く葛西を見て、真央と井岡はアハハと声を出して笑った。

ひとりでなんでもやらなければならないと思っていたが、それは違う。我々は一葉書房というチームなのだ。

（そう……ひとりじゃない！　私たちは全員で一葉書房なんだ！）

目の前が急に明るくなった気がした。

真央の心は不思議なくらいスッキリしていたのだった。

それからの広報編集室はそれまでののんびりした、どこか日陰の部署じみた空気が信じられないくらい活気づいていく。

社員三人、アルバイト一人ながら、常にフル稼働で『マオの旅』十周年記念を進めていった。

まず早々にバズったのは真央の手書きのポスターだ。

しかもきっかけは井岡が作った公式アカウントではなく、文桜堂に飾られた地図ポスターを見たごく普通の読書人アカウントだった。

〈狂気の沙汰みたいなポスター発見ｗｗｗ　店員さんに聞いたら編集部で作成したらしい。制作者は『マオの旅』ガチオタだな。こいつは信用できる〉

という軽い文言と、真央のチマチマした文字が、びっちりと書き込まれたＡ０という大きなポスター写真がＳＮＳの波に乗り、インターネット上で爆発的に広まったのだ。

当然その日から一葉書房の電話とＦＡＸは鳴りっぱなしで、全国の書店への客注とポスターの発送作業に全員が追われた。

また逆に、真央がポスター作製者として、インターネットのニュースサイトに取材を受けることもあった。顔出しはなかったが、真央とインタビュアーの軽快なやり取りは面白く、これもまた多くの人の目に留まった。ネットの後押しで、また既刊全巻に重版がかかることになり、嬉しい悲鳴だ。

「このバズるっていうネット特有のムーブ、ありがたいわよね〜。みんなが勝手に宣伝してくれるんだもの」

気がつけば、真央が思いつきで手作りポスターを作ってから、十日ほど経過していた。その間、井岡も公式アカウントで『マオの旅』を懐かしんでくれるフォロワーを着実に増やしている。

昔作った『マオの旅』の販促グッズを葛西が倉庫で発見してきたので、せっかくだからとSNSで読者プレゼント企画を立ち上げた。

ブックカバーや、キーホルダー。しおり、クリアファイル。どれも新しいグッズではないし、せめてコメントのひとつやふたつでも来たらいいなと思っていたら、応募が二千弱届いて、また全員で集計と抽選のために悲鳴をあげる結果になった。

「でもやっぱり……みんな新作を期待してるんだねぇ」

井岡がアンケートをプリントアウトしたものをめくりながら、しみじみとつぶやく。

年齢は、親から勧めてもらって読み始めたという八歳の早熟な少年から、最近知ったという七十代女性まで、幅広い。だがみなそろって『マオの旅』が好きだと言い、もっと読みたいと語っていた。

「そうですね。こうやって一部でも読者の声が可視化されると、余計そう思います」

十周年の記念アカウントは、もしや新作の発表があるのではないかと一部界隈で噂になっている。どこにも新プロジェクト始動などとは書いていないのだが、期待されて当然かもしれない。

（累さんは、どう思ってるかな……）

インターネットはしないと言っていたから、こんなふうにブームになっていることすら知らないかもしれない。

（でも、彼が負担に感じたら……どうしよう）

迷惑だと言われたらやめるつもりではあるが、想像すると少し寂しく、悲しかった。


「——書店さん回ってきますね」

昼食のお弁当を食べ終えた後、真央は販促物を紙袋に入れて、都内のいくつかの書店を回り、最後に町田の文桜堂書店へと向かっていた。

「北村さん！」

「あっ、櫻井さーん！」

一般書を置いている一階で、真央の姿を発見した北村が小走りで近づいてくる。

「おかげさまでフェア好評ですよ〜。わざわざ狂気のポスターの現物を、と見に来る方も多くて！　テレビのローカルニュースでも取り上げられたんですよ〜！」

「きょ……狂気……？」

人畜無害そうな北村から出た発言に、真央は真顔になる。

やはり自分の『マオの旅』オタクぶりはやばいのだろうか。茫然としていると、

「あっ、いやいや、褒め言葉ですって。夏休み前からまたフェア張ろうかって話もしてるんですよ。そのときはどうぞまたよろしくお願いします」

北村はウフフと笑いながらバシバシと真央の背中を叩く。

「はい……ぜひ」

真央はどう反応していいかわからないまま、とりあえず愛想笑いを浮かべて販促物と一緒に「皆さんでどうぞ」と差し入れのお菓子を渡し、早々に退散することにした。

（なんだかどっと疲れたな……ちょっと休んでから戻ろう）

とりあえず文桜堂書店を出て自販機でお茶を買い、書店のすぐそばにあるベンチに腰を下ろした。駅の近くだからか、ふれあい広場のようなものがあり、あちこちに休憩用のベンチがあるのがいい。

ここからだと書店に入っていく人たち、出ていく人たち、そして正面に展開している

『マオの旅』もよく見えた。

最初、一般書の平台の一部分だけということで『マオの旅』一巻を置いてもらっていたが、ポスターがバズったことで、今は全五巻、平台に積み上げられている。

真央が作成したポスターは大きなフレームに入れられて、天井からつり下げるように飾られていた。

額には『インターネットで話題！』『ポスターのみ撮影ＯＫ』などと面白おかしくＰＯＰが貼られていて、確かに時折制服姿の女子高生がきゃっきゃと楽しそうに写真を撮っている。

中には本を手に取ってくれる人もいて、「ありがとうございます！」と握手をしに行きたい気持ちを抑えるのが大変だった。

（まぁ、話題になって、ここまで大きく展開してもらえたんだから、別にいいか……）

どんなきっかけでもいい。『マオの旅』を手に取ってもらえたら、それだけで嬉しい。

その点は正木の考えに異論はない。

素晴らしい物語を、みんなに読んでもらいたい。一冊でも多く、売れてほしい。

（ほら……あんな男子だって『マオの旅』を気にしてくれてるんだもん）

グレーのロングニットカーディガンに黒のストレッチパンツ。背は高いけれど少し猫背で、毛先が跳ねた黒髪の青年が、真央の作ったポスターをじっと眺めている。

（――ん？）

その瞬間、真央はベンチから跳ねるように立ち上がり、書店へと足を踏み入れていた。

まさかと思うと、全身が震えた。だがなんとか声を絞り出して彼の名前を呼ぶ。

「るっ……累さんですか……？」

真央の小さな叫びに、青年の肩がビクッと跳ねる。

振り返った彼が背後に立つ真央を見てしまったという顔になった。そして慌てたように真央に背中を向ける。

「ちょっ、ちょっと、まっ、待って……！」

真央も慌てて彼の背中を追いかけていた。

入り口は真央がふさいでいたので、階段を使って書店の上へと逃げることを選んだようだ。驚きの速度で階段を駆け上がっていってしまった。

「なんなの、もうっ……！」

だが真央だって負けてない。小さいころから活発で、男の子に混じって遊んでいた。中学、高校と陸上部だし、今だって営業やインタビューの仕事で一日何万歩も歩くことがあるのだ。無人の階段を大股で駆け上がり、徐々に累との距離を詰めていく。

そしてようやく、階段一つ分まで追いついて、手すりに身を乗り出して叫んでいた。

「待って、累さんっ、どうして逃げるのっ！」

「──はぁ……」

観念したのか、階段の途中で累が立ち止まり顔を上げる。ぜえぜえと肩で息をしながら、大きなため息をついた。

「──あれを……見たくて……」

ぼそぼそと低い声で言われてよく聞こえない。

「え？」

真央が怪訝そうな顔をすると、なぜかひどく怒ったように叫ばれる。

「だからっ、あんたが作ったアレが、気になって見に来たんだよっ！」

「──はっ？」

「チッ！」

累は大きな舌打ちをすると、右手でくしゃくしゃと髪をかきまぜ、うつむいてしまった。

瞬く間に累の首や耳のあたりが赤く染まっていく。

（私が作ったポスターのこと……知ってたんだ……！）

そういえば北村がテレビでも放送されたと言っていた。累はそれを目にして、それでわざわざ見に来てくれたらしい。

（迷惑じゃ……なかったんだ）

真央の胸に熱いものがこみあげてくる。

（嬉しい……嬉しい、嬉しい！）

頭の中は、彼に言いたい言葉が暴れまわっている。だけどうまい言葉が見つからない。捕まえようとするとするりと抜けて、どこかへ飛んで行ってしまいそうだった。

一方累はどこか諦めたようにため息をつき、それからうつむいたまま、身を振り絞るように口を開いた。

「――俺……自分の話なんかどうでもいいって言いながら、あんたが『マオの旅』のために作ったっていうポスターがあるって知って……自分の目で見たくて、たまらなくなった……」

真央は累の言葉の一つも聞き漏らさないように、じっと彼を見つめた。

「あんたのこと、この一か月でもうお腹いっぱいだって思ってたのに……あんたが来なくなってからずっと、『マオの旅』のこと考えてる……もうあれは過去の話だと思っていたのに……あんたが期待させるからっ……」

そして累はかすかにかすれた声で、ささやいた。

「この気持ち、どうしてくれるんだよ……。責任、取ってくれるのかよ⁉」

それは泣き言のような、累の心の叫びだった。

真央の耳には、まさに十五歳の少年が叫んでいるように聞こえた。

十年前、真央が彼の物語に救われたように、彼もまた、彼の描く物語に救われるべき存在なのだ。

　真央の胸に言葉にならない想いがこみ上げてくる。

　ただ彼を引き留めたかった。

　もう、ひとりぼっちにしたくなかった。

「累さん！」

　真央はもつれる脚で必死に階段を駆け上り、そのまま体当たりするように累にしがみつく。

「うわっ……」

　あまりの勢いに累は壁に押し当てられる。だが真央は気づかないままぎゅうぎゅうと累を抱きしめていた。

「取ります、私に責任っ……取らせてください！」

『俺の書いた物語なんて誰も望んでない』

『十年書けない作家は、もう作家じゃないだろ』

　思えば累は、いつも自分を否定していた。自分の物語が家族を不幸にしたからと、今でも自分を責め続けていた。それは累にとって揺らぎようのない事実だからだ。

　責任を取らせてほしいなんて、これではまるでプロポーズだ。

　だが真央はさらに累を抱く腕に力を込める。

女の細腕など、累が本気になれば振り払えるだろう。

だが振り払われてなるものか。だから必死にしがみついた。

「ずっとあなたの側にいます、絶対に離れません！」

編集者の仕事がなんなのか、まだわからない。正解などないのかもしれない。

だけど今、自分は累の側にいたかった。

誰も自分の作品を望んでいないという言葉を否定して、そうじゃない、あなたの物語に幸せにしてもらったんだ、そしてそう思っている人はたくさんいると伝えたのが自分であるならば、累の手を取り、この先に続く道を一緒に歩くのは自分の役目なのだ。

「なんだよ、それ……」

頭上からかすれた声が聞こえてきた。

「そんなこと言って、いいのかよ……。本気にするぞ……？」

それは戸惑いと喜びとがごちゃ混ぜになったような、少し泣きそうな声だった。

「本気にしてください！」

真央も応えながら、顔を上げた。

本気にしてくれないと困る。むしろこの本気が少しでも累に伝わってほしくて、今自分は必死になっているのだ。

「……」

こちらを見下ろす熱っぽい累の目は、ただまっすぐに真央を見つめていて、そして気が抜けたように細められ、笑顔になった。

「あんたって……ほんと……」

そして累の腕が真央の背中に回り、引き寄せられる。

真央の踵が持ち上がって、足元がふらついた。

体重をかけてはまずいだろうと慌てて距離を取ろうとしたが、累の腕は意外にも力があり、真央の体はぎゅっと抱きしめられたまま身動きが取れなくなってしまった。

「あっ……あ、あの……」

自分から抱き着いておいて、いざ抱きしめられるとビックリした。

胸の奥で心臓がバクバクと跳ねまわっている。

さすがに馴れ馴れしかっただろうか。失礼だっただろうか。あれこれ考えて、頭がグルグルし始めたところで、累の手がよしよしと真央の後頭部をそっと撫でる。

「約束だぞ」

彼の細くて長い指が自分の髪をすいて、首筋に触れる。

「約束？」

「ああ……。ずっと側にいる。絶対に離れないってやつ」

改めて口に出されると、ずいぶん熱烈な告白のように聞こえる。

だが編集として――そう、一葉書房の編集として、自分は本気でそう思ったのだから、これでいいはずだ。

「もちろんです」

真央は頬を赤く染めながらも、しっかりとうなずくと、累はほっとしたように息を吐いた。

そして腕の中の真央の存在を確かめるように、ゆっくりと指を滑らせる。そうやって撫でられていると、まるで自分が彼の大事な宝物になったような気がして、胸が熱くなった。

（これって……だいふくを撫でてるのと一緒なのかも……）

ドキドキはするけれど、彼の優しい手は気持ちがいい。

いつまでもこうしていたい。図々しくもそんなことを思ってしまった真央は、おとなしく累の腕の中で、そっと息を漏らしたのだった。

真央と累は、しばらくの間、階段の踊り場から窓の外に落ちる夕日を眺めていたが、日が完全に落ちる前に、ビルを出て方丈家へ向かって歩き始めた。

繁華街を通ると人でごった返していたが、不思議と累の低い声は真央の耳によく響いた。

「――俺は正直、今まで自分が作家だなんて思ったことがなかった。読者のことも意識したことがなかった。たくさん売れてると言われても……むしろ煩わしいだけで実感はなかった」

「はい……」

真央はうなずく。

「だけどあんたのポスターを見に来て、書店に並んでいる俺の本を見てびっくりした。俺の頭の中にあった話がここに並んでいて、売ってる人がいて……それを手に取ってる人がいるって、驚いた」

累はぽつりぽつりと、素朴な言葉を選びながら言葉を続けた。

「──まだ間に合うと思うか？」

「もちろんです」

真央は累の戸惑いを感じつつ、力強くうなずく。

「累さんは十年経っても作家ですよ。過去の記憶どころか、今でも待っている人がいるし、これから書店で手に取る人もいるんですよ。私がきっと届けてみせます！」

隣を歩く累がまぶしく見えてたまらなかった。

累は今ようやく、作家としてのスタートラインに立とうとしているのだ。

（だったら私は編集者として、彼を支えるんだ……！）

真央の胸は弾む。鼻歌でも歌いたい気分だったが──これから真央は編集として悩み、試されることになろうとは、この時点ではまったく気がついていなかった。

第五話　まさかの同居生活

その翌週、期限ぎりぎりとはいえ累を支えると誓った真央は、葛西とともに社長室へと出向いていた。

「――ということで、社長。ただいまご説明したように、無事櫻井がＲＵＩ先生に新作を書いていただけると了承を得ました。これから打ち合わせに入りますので、具体的な刊行時期についてはまだはっきり明言できませんが、一葉書房もこのまま継続ということでよろしくお願いいたします」

「よろしくお願いします！」

葛西が深々と頭を下げるのを見て、真央も勢いよく頭を下げた。

「――そうか」

窓際に立ってビルの外を眺めていた柳澤は、真央と葛西を振り返ってうなずく。

（そうか……って。それだけ？）

さすがに手に手を取って大喜びしてくれるとは思っていなかったが、『期待している』

と励ましてくれた、彼の気持ちは本物だったと思っていたのに、あっさりとうなずかれただけで、なんとなく肩透かしだ。

　真央は少しばかりの不満を抱えて顔を上げる。

　一葉物産の現社長室は、想像よりずっとシンプルで物がなかった。デスクとチェアーに、応接セットしかない。以前来たときはデスクの後ろには美しい西洋画が飾られ、色鮮やかな壺だとか、ガラスの花瓶が置いてあった気がするが、柳澤が社長に就任してから撤去されたようだ。

　ただ、アンティークの重厚なプレジデントデスクとチェアーは、柳澤が長い足を組んで座っているだけで十分に絵になるのだが──。

　柳澤という男はなかなかに手ごわかった。

「確実に書くという証拠を提示できるか」

「えっ？」

「時間稼ぎではないと言い切れる根拠が欲しい」

「うっ、嘘なんかつきません！」

　真央は慌てて首を振る。

「だが十年書かなかったＲＵＩだ。本が出せるかどうか怪しんでもしかたないだろう。次の本を書くのに五年かかると言われるかもしれない」

「それは……確かにそうかもしれないですけど」

「これからは私にも進捗を報告しろ。とりあえず九月の件はいったん白紙に戻すが、あくまでも今の段階では先延ばしになっただけだと思え」

そして柳澤は、腕時計に目を落とし、「時間だ」と低い声で言い放つ。

退室しろということだ。

「──わかりました。では失礼します。さ、行こう櫻井君」

隣で話を聞いていた葛西がゆったりと頭を下げる。

「えっ、でも……」

「社長もお忙しいからね」

葛西はいつもの柔和な微笑みを浮かべて、不満を隠しきれない真央をずるずると社長室から引っ張り出してしまった。

「編集長、あれでよかったんですか?」

とりあえず九月になくなるというのが回避できただけだ。少々伸びたとしても意味はない。正直話が違うのではないかと、モヤモヤが止まらない。

「だけど社長の言うことは一理あるよ。それなりに成果は見せていかないと」

ふたりで肩を並べてエレベーターに乗り込んだ。

「うちとしてはデビュー十周年の今年中に新作発表をしたいよ。実際どう? そのあたり」

『鉄は熱いうちに打て』とも言う。十周年という看板を極力掲げていきたいと思うのは、真央も同じだ。ＳＮＳをきっかけにしてせっかく話題になったのだから、一ファンとしてもこの波に乗るしかない！と思っている。

「とりあえず今日、先生にお話を聞いてくるので、またご相談させてください」

「わかった。じゃあ頼んだよ」

「はいっ」

真央は力強くうなずいた。

自分は編集者だ。もし万が一、ＲＵＩが書けないと悩むことがあっても、彼を支えて『マオの旅』の続きを出すまで何年でもねばってみせるつもりだ。

（そう簡単に一葉書房をなくしてたまるもんですか……！）

真央の目は希望にキラキラと輝いていた。

「ああ……続きならすぐに渡せる」

「えっ？」

一葉書房での勤務を終えた真央は、その足で方丈邸へと向かい、神妙な面持ちで今後の話をしたのだが、思いもよらぬ累からの返事に言葉を失っていた。

「本にする前にブログは削除した。でもじいさんが、原文の『マオの旅』を全部プリントアウトしてくれてたんだ」

累はそう言って膝にのせていただいふくを下ろすと、襖をがらりと開けてプラスティックの衣装ケースを引っ張り出した。中には少し色褪せたコピー用紙がぎっしりと詰まっている。相当な量だが、適当な分量で、ひとつひとつ右肩を紐で綴じてあり、累の祖父の几帳面な性格がうかがえた。

「五巻で終わったのは区切りがよかったからで、ブログではもっと先の話を書いてた。非公開にしていた下書きも加えたら、あと三巻分はあるはずだ」

「そ……そうだったんですか……」

なんということだろう。それほど苦労せず三冊は出せると聞いて、真央は完全に拍子抜けしてしまっていた。

「――三巻分……」

新作は一冊で終わらない。それを聞いて、真央はあまりの幸せに息が止まりそうになった。

（嘘みたい……）

真央が唇を震わせると、それを見た累が申し訳なさそうに眉を寄せる。

「悪かったな。ずっと黙ってて」

「えっ、ちちちち、違いますよ……！　三冊もこれから読めるってわかって、期待で心臓が壊れそうだって思っただけですよっ！」

そう、確かに拍子抜けかもしれないが、これから『マオの旅』の新刊が読めると思うと、気分が浮足立つ。天まで舞い上がる気分というのは、こういうことを言うのだろう。

この十年、続きを待ち続けていた思いがようやく報われるのだ。

「めちゃくちゃ嬉しいですっ！」

真央が累に距離を詰めてそう言うと、累がどこかほっとしたように目を細める。

「そうか……。あんたが嬉しいなら、よかった」

その笑顔は、また派手ではないけれど温かさがにじみ出るような笑顔で――。

なぜか真央の胸の奥が、きゅん、と締め付けられた。

（えっ、まただ……）

累と話すようになってから、たまにこういうことがある。彼のことを男として意識しているならまだしも、累は尊敬するＲＵＩ先生でしかも仕事相手だ。そういう感情を持つ相手ではない。

ではこの感情はなんだろうと考えていると、累が「あんたが持ってきたフルーツケーキ、食べないか」と席を立った。

「あ、じゃあコーヒー淹れましょう」

累について台所へと向かいながら、「ところでちゃんとごはん食べてます？」と尋ねる。

「——今からケーキを食べる」

「ケーキはごはんじゃないですよね……」

「だが食い物だろう」

累はプイッと真央から顔をそらすと、冷蔵庫を開けて頭を突っ込んだ。

「まったくもう……」

苦笑しながら、ふと気がついた。

そうだ、累は自分より年上だが時折妙にかわいく見えるのだ。

大事にしたいし、守ってあげたいと思う。

（なるほど……私、この人のことを弟のように思ってるんだな！）

実際真央には大学生の弟がいる。真央と違って見た目も中身も随分と派手な男なのだが、昔から真央によくなついていた。累も生活感がなくどこか危なっかしい面が多い。だから累のことが気になってしまうのだろう。

自分の感情に名前が付けばもう安心できる。

真央はコーヒーを淹れる準備をしながら、隣でケーキをお皿にのせる累を見て微笑んだ。

翌日、累が三巻まで原稿を持っていたことを話すと、一葉書房はホッとした空気に包まれた。ただ累からは十年ぶりに自分の書いた話を読むので、一応読み返して多少は手を入れたいと言われたので、初稿をもらうのは一か月後の六月下旬ということになった。

「『マオの旅』ですが、基本的にはこれまで通り、校正と校閲にかけるだけにしようかと思っています」

「そうだね。できるだけ当時のままを残したほうがいいと思う」

葛西が記憶をたどるように目線を宙にさまよわせる。

「以前はどこに頼んだったかなぁ……初稿をちょうだいする前までに、ちょっと調べておくよ」

初稿というのは著者が最初に書いた原稿のことだ。これをレイアウトに合わせて組みなおし、紙にプリントアウトした最初のものを初校ゲラと呼ぶ。誤字脱字チェックの校正や、内容の矛盾や不適切な言葉がないかのチェックするための校閲を入れ、著者に送る。受け取った著者が内容を修正し、その原稿を編集に送り返す。

累の場合はストーリー上のチェックを入れないので、基本的には真央が一度誤字脱字をチェックした後、すぐに校閲に入れている。校閲が終わったら累に戻し、修正箇所を確認してもらい、データを修正して再校をチェックし、問題がなければ校了となり、印刷に回すのだ。ちなみに印刷に回ってしまうと、もう修正はできないため、編集は必死に誤字脱字や、内容に矛盾がないかなどの確認をすることになる。最後まで気が抜けない。

「じゃあとりあえず今年中に、まず一冊は出せるんじゃないの？　年末……ギリギリかな。いけないかな？」

井岡が瞳を輝かせながら立ち上がり、うんうんと唸りながらその場をぐるぐると周り始める。

「社長は本を出すために、プロジェクトを組んでもいいって言ってたし。とりあえずプロモーション考えて、予算のお伺いを立てなきゃ……！　そうだ、宣伝用のＰＶなんか作れないかしら。声優さんに朗読してもらうの。うふふ、夢が膨らむわぁ！」

「井岡君、準備は大事だけれどタイミングは見誤らないように」

「はぁい」

とはいえ、浮足立つ気持ちは抑えきれないようだ。今どきの映像関係が得意な中野と、「いや、今ならVチューバーに、お仕事として宣伝してもらうっていうのもいいわね」なんて言いながら、パソコンを覗き込みきゃっきゃとはしゃいでいた。

まだ準備にも入っていないが、一葉書房から『マオの旅』の六巻が出ると思うと、夢の中にいるような気分になる。

「どうしましょう、編集長。私、緊張してきました」

「気持ちはわかるけど、緊張してる暇はないよ～」

葛西は書架から『マオの旅』全五巻を取り出して、デスクの上にずらりと並べた。

「この装丁画、誰の作品か櫻井君は知ってるよね」

「ええ、もちろん。野田海二《のだかいじ》先生……ですよね」

野田は現代芸術家で『マオの旅』の表紙はすべて彼の多色刷り版画を使っていた。しかも既存の作品ではなく、表紙にするために作ってもらったものだ。

「十年前は知る人ぞ知るアーティストだったけど、今は全国で個展をするような売れっ子だからね。まず仕事を受けてもらえるかどうか……。だめなら一から装丁を考えなくちゃいけないし」

「そんな……『マオの旅』はこれじゃないと絶対にだめですよ！」

真央はぶんぶんと首を振って、単行本を手に取った。

一巻はマオ。二巻はアッシュ王子と、三巻以降も物語と連動するような表紙になっている。それがまた空想を掻《か》き立てるいい表紙なのだ。なのに六巻からいきなり表紙が変わるなんて、とてもではないが受け入れられないし、ファンだって許せないだろう。

「絶対に野田先生がいいです。私、先生にご連絡してお願いしてきますっ！」

「そうだねぇ。とにかく『マオの旅』に関しちゃ、君ほど詳しい人間はいないわけだし。頼んだよ」

「了解です！」

一ファンとしても編集者としても、野田の装丁画は譲れない。真央は急いでパソコンを立ち上げて野田の情報を検索する。

HPを検索するとコンタクトというページを発見した。さっそく記載されているメールアドレス宛に、一葉書房から刊行する十年ぶりの『マオの旅』の装丁画をお願いしたい旨をしたためて、メッセージを送る。

（返事をいただけたらいいけど……）


梅雨が終わり、夏の気配が濃厚に漂い始めてもなお、野田海二からの返事は来なかった。気がつけば、連絡をしてからあっという間に十日ほど過ぎていた。

野田海二は結構な売れっ子で企業の仕事も多くこなしている。一葉書房は確かに十年前に仕事をしたっきりかもしれないが、無視されるほどの不義理をしたとは聞いたことがない。

（お忙しいのかなぁ……でもなぁ……）

真央はお茶碗を持ったまま、ぼうっと物思いにふける。

やはり葛西の言う通り別の装丁を考えるべきなのだろうか。だが『マオの旅』から野田海二の装丁画を切り離して考えるのは難しい。

「――なにかあったのか」

ダイニングテーブルの向こうで、累が少し心配そうな表情で自分を見つめている。彼は彼で、今日のお昼のメインである、茄子の煮びたしをつまんだ箸が止まっていた。

「あ……いえいえ。何でもないです。ちょっと……ぼうっとしちゃって」

真央はお茶碗を置いて、グラスの麦茶に手を伸ばす。

水玉模様のコップの中で、氷がカラン、と音を立てて溶ける。あと一週間もすればクーラーなしでは過ごせなくなりそうな予感がする。

「そうか……そろそろ夏バテには気をつけろよ」

「そうですね。夜もだいぶ暑くなってきましたし」

真央はこくりとうなずいた。

本当は野田海二のことで悩んでいたのだが、せっかくやる気になっている累に水を差すような真似はしたくない。

（累さん、せっかく頑張ってるんだもん……邪魔したくないし）

真央は週に一度のペースで、原稿の進捗確認を兼ねて方丈邸へ食事を作りに行っている。昨日の土曜日は、一週間分の作り置きおかずを作成し、翌日の今日は、『マオの旅』六巻の原稿を見直している累のサポートのために、朝から方丈邸を訪れていた。

十年間、自分の作品から目をそらし続けていた累にとって、真央のオタクともいえる知識は非常に役立つらしい。あのキャラクターはどの巻でなにを話しただとか、意味深なセリフだとか、真央はすべてを記憶しているのだ。いわゆる生き字引である。

「……疲れてるんじゃないのか。平日に仕事してるのに、土日は俺にずっと付き合ってるだろ。少しは休んだほうがいい」

笑ってごまかす真央を見て、累はやはり心配そうだった。

「今日はもう帰れよ。あんたが来なくても、飯もちゃんと食べるようにするし」

「いっ、いやですよっ！」

真央はむきになって首を振った。真央にとって『マオの旅』は自分の命も同然だ。そして累は大事な担当作家だ。

「仮に家で寝てたって、絶対累さんのことが気になって、ソワソワしてると思います。だからここにいたほうがいいんです。まぁ確かに行ったり来たりはちょっと大変ですけど……そこは譲れません」

すると累がなにかを思いついたように箸を置き、それから頬杖をついてつぶやいた。

「だったら……うちから会社に行けばいいだろ」

「え？」

「部屋はいっぱいある。ここに住めばいい」

累の発言に真央の頭は真っ白になった。

「住むって……ここに⁉　ふたりでですか⁉」

「だいふくもいる。ふたりと一匹だ」

累はふっと笑って、足元でのびのびと手足を伸ばしているだいふくを見下ろす。その視線を受けてか、だいふくが「なーん」と声をあげた。

「こいつも賛成してる」

担当が作家の家に泊まり込む。週刊の漫画雑誌編集者ならありそうだが――。自分がそれに倣《なら》っていいのだろうか。さすがの真央も戸惑いを隠せない。

「あんた、俺の側にいるって約束しただろ」

彼の挑みかかるような眼差しは刺すように鋭い。けれどその奥に、すがるような甘さがある。それを言われると困る。

「――そ……そうでしたね」

そう言ったのは間違いなく真央の本心だ。いつだって支えになりたいし、力になりたい。頼ってほしい。だが累のほうからその話を引っ張り出されるとは思わなかったので、どうにもぎくしゃくしてしまう。

無性に恥ずかしくてモジモジしていると、

「よし。そうと決まればさっそく荷物を取りに行くぞ」

累が真央のためらいを無視して、即決してしまった。

「えっ、きょ、今日から⁉ 決定事項ですか！」

真央は椅子から転げ落ちそうになるくらい驚いたが、累の意志は固かった。昼食が終わった後、あっという間に準備をさせられ、真央の自宅へと向かうことになったのだった。


「へー……ここがあんたの部屋か。意外にきれいに片付いてるな」

累が興味深そうに、真央のワンルームの部屋を見回す。

「すぐに荷物を詰めるので、そこで待っててください」

テレビの前に置いてある一人用のソファーに累を座らせて、スーツケースに衣類や日用品をどんどん押し込んでいく。とりあえず一週間分あれば問題ないだろう。正直、累と同居というのがうまく消化しきれそうにないのだが、もうなるようになれだ。腹をくるしかない。

「これ、見たことあるタッチだな」

退屈した累がふと目についたらしい、ベッドサイドに飾ってあったアクリルの写真たてを手に取った。中には野田海二の個展で買ったポストカードを挟んでいる。

「それは『マオの旅』の装丁画を手掛けられた、野田海二先生の作品です。まぁ……あまりにも公式からの供給が少ないと、こういうことになるっていうか……『マオの旅』の匂いを感じたかったというか……それで置いてます」

それを聞いて、累が顔を上げ、なんとも言いがたい複雑な表情になる。

「本当にお前って……」

「気持ち悪いって思っていますか？」

真央が唇を尖らせると、累はふっと笑う。

「別に」

「別にって。絶対思ってる顔ですよそれは！」

「いや、ほんと俺のコト好きだなって、思ってるだけだ」

いたずらっ子のように微笑まれて、真央の心臓が跳ねあがった。

（こういう顔もするんだぁ……）

知り合ったばかりのころは、彼のことを無表情で不愛想な男だと思っていたが、それは勘違いだった。今は、彼の声色や目線一つで、喜怒哀楽がストレートに伝わってきて、真央はそれに一喜一憂して、正直振り回されている気がする。

「おっ、俺のコトって……！　そ……それはその……」

作品だ。作品のことを言っているとわかっているのに、変に意識してしまう。

恥ずかしさを誤魔化しながら、真央は荷物をぎゅうぎゅうに詰めて、よいしょと立ち上がる。

「じゃ、帰るか。俺たちの家に」

横からスーツケースを奪われたあげく、またさらっと言われて心臓が跳ねた。

「もう……」

軽く抗議の意味を込めて累の横顔を見上げたが、真央の視線を受けてもひょうひょうとしている。むしろと唇の端がかすかに持ち上がっていて、とても機嫌がいいように見えるのは気のせいだろうか。

いや、気のせいではないだろう。そしてやはり悪い気はしないのだった。


よその家の洗濯物が風にはためいているのを眺めながら、真央は隣でスーツケースを引く累の顔を見上げる。

（なんだか夢みたい……）

今日から尊敬してやまない、神のように崇めていた作家と一つ屋根の下で暮らすのである。過去に戻って、『マオの旅』が読めないことをずっと悲しんでいた自分に話しても、絶対に信じないだろう。

突如、びゅうっと風が吹き抜けた。

「『風が吹いている。きっとあっちにお前が帰る場所がある』」

なにも考えず、ふと真央はつぶやいていた。

それを聞いた累が驚いたように目を見開く。

「──今の」

思わぬ反応に真央の心臓はピョーンと跳ねあがった。まずいと思ったはずなのに、次の瞬間には、真央の口は滑らかに動き始めていた。

「あっ、今の、『マオの旅』二巻五章の、アッシュ王子がマオと離れる決意をする、すごく好きなセリフなんですよ！　ここめっちゃ泣けるとこですなんです！　帰る場所を失った王子様が、帰る場所があるマオに、帰れって言うの、この寂しさと優しさに泣かないやついるのかって、感じなんですよ！」

「──」

「はっ……！」

凍り付いた表情で自分を見つめる累の眼差しに、真央は固まってしまった。

（やってしまった……また……オタク独特の早口でまくしたててしまった！　しかも作家本人に～～‼）

真央はなんとか誤魔化そうと口をパクパクさせたが、結局うまく説明できるはずもなくうつむくしかない。

「ごめんなさい……ついその……興奮してしまって」

「いや……そこまで好きなのか」

顔を上げるとどこか呆れたような累と目が合う。

「そりゃ……好きですよ。すごく。だから来たんです。あなたに……あの物語の続きを書いてもらいたいから」

真央は言葉を選びながらうなずいた。

「……それは知ってる」

累はそれだけ言って、またスタスタと歩き始める。

慌てて彼のあとを追いかける。ちらりと顔を見ると、唇の端が持ち上がっていた。

もしかして笑っているのだろうか。

(まぁ……嫌われたりするよりはましだけど)

我ながらポジティブすぎるかもしれないが、累が嬉しいと真央も嬉しいのだ。


「短い間ですが、お世話になります」

帰宅後、真央が累の祖父の仏壇に手を合わせると、「律儀だな」と後ろで累が苦笑した。

「いや、ここはちゃんと挨拶しないと」

真央に与えられた部屋は、玄関を入ってすぐの日当たりのいい六畳の和室だった。もとは客間として使っていたらしい。ちなみに廊下を挟んだ正面が累の部屋だ。持ってきた荷物を押し入れとクローゼットに仕舞って、一息つくために台所でお茶を淹れる。

真央は恋人との同棲経験もないので、赤の他人と一緒にこうやって住むのは初めてである。いくら累を大事に思っているとはいえ、家族に知られたら大問題だ。

（会社にも家族にも、絶対にばれないようにしなければ……！）

真央は固く決意して、お茶とカットしたチョコレートブラウニーを一緒にお盆にのせて累の部屋へと持っていく。

「累さん、そろそろ休憩してお茶にしませんか」

「ん……」

ドアの外から呼びかけると、ガチャリとドアが開いた。

累が使っている部屋は八畳の洋間で、窓際にはベッドが置いてあり、あとは壁に作り付けの本棚があるだけの殺風景な部屋だ。使い込んだ学習机の上には最近買ったというノートパソコンが置いてある。ちなみにスマホを持たない累らしく、この家にはインターネット環境もないので、純粋に原稿を書くために用意したパソコンだった。

ふたりでフローリングの上に座ってお茶を飲む。

「進捗はどうですか？」

「ん……六巻はあと少し……今、ラストスパート」

「ずいぶん早いですね。無理してないですか？」

「してない。やっとエンジンがかかって来た」

累はぼそぼそとしゃべりながらフォークをブラウニーに突き立て、そのまま口に入れる。もぐもぐと咀嚼した後にぐいーっとお茶で流し込む。食事のときはいつもお行儀がよかったので意外に思ったが、たぶん現在の彼のリソースは原稿に向けられていて、その他が若干おろそかになっているのだろう。

「──原稿、読むか」

ふと思い出したように累が尋ねる。

気遣ってくれているのがわかって嬉しいが、真央は即座に首を横に振った。

「いえ……まだ読まないです。すっごく読みたいですけど……我慢します」

今読んでしまったら、真央は編集者ではなく、ただのファンになってしまいそうなのだ。だからゲラとしての体裁を整えて、校閲に出す前に目を通すつもりだった。

「そんなに読みたいのか」

「あっ……当たり前じゃないですかっ……！　なんでそんな試すようなこと言うんです、私が読みたくないわけないでしょっ……！」

真央がギリギリと歯をかみしめると、累がどこかほっとしたように笑った。もちろん派手な笑顔ではないけれど、累の表情を見ていればわかる。

（やっぱり、不安なんだろうな……）

十年前に書いた物語の続きを出すというのは、相当なプレッシャーのはずだ。

編集者として、少しでも彼の負担を軽くしてあげたいと思う。

「私に手伝えることはありますか？」

真央は前のめりになって累の顔を覗き込んだ。

「今？」

累が少しだけ首をかしげる。

「そう、今です」

こっくりとうなずくと、累は視線をさまよわせた後、ふと思いついたように口を開いた。

「それ食わないの」

累の視線の先には真央のブラウニーがある。一応自分の分は切ってきたのだが、手をつけていなかった。

「そうですね……でもまだありますから、新しいのを切ってきましょうか」

「いや、それでいい」

累はこう見えて甘党だった。甘いお菓子はなんでも喜んで食べる。

「これ、駅前のケーキ屋さんで買ったんですよ。そんなに美味しかったんなら、次も買ってきますね」

真央はクスッと笑ってブラウニーを半分に切り、フォークに差しそのまま差し出す。

「ん」

累はうなずいて、そのまま真央の手元に顔を寄せると、ぱくりとブラウニーを食べてしまった。

フォークごと渡したつもりだったのだが、まさかの『あーん』な展開に硬直してしまう。びっくりしている真央をよそに、累は顔を近づけたままじっと待機して動かない。

彼の黒い目が自分に向けられていることから、次のひとくちを待っているのだと気づいて、慌てて累の口元に運ぶと、またぱくりと食いついた。

(わんこみたい……かわいい)

といっても柴犬などの愛くるしい犬種ではなく、シェパードだとかドーベルマンだとかそちらよりではあるが……。

累はしっかりと咀嚼した後、お茶を飲む。

「お代わり持ってきましょうか」

「いらない」

累は首を振り、ふわっと唐突に大きなあくびをした。糖分を取って眠くなったのだろうか。毎晩遅くまで書いているようだから、少々昼寝をしてもばちは当たらないはずだ。

「少し休憩したらどうですか。二十分くらいなら、仮眠もいいですよ。すっきりします。時間になったら起こしますから」

「そうする……」

累は軽く瞼を指でこすった後、そのままうずくまるように真央の膝に頭をのせてしまった。

「っ⁉」

人間、驚きすぎると声が出なくなるらしい。まさかの接触に、思考回路が停止しそうになった。

（いやいやいやいやいや……！　えっ、えええええっ⁉）

真央はあたふたしながら、当然のように膝枕で眠る累を見下ろす。

すっと高い上品な鼻筋に、少し薄い唇。伏せたまつ毛は驚くほど濃く長く、まるで扇のように広がっていた。くせのある黒髪が額に散らばって、妙に色っぽい。

（なんで膝枕！）

自分と累は編集と作家で、それ以上の関係ではない。さすがに膝枕はおかしいのではないかと思うが――。考えてみれば、過去の自分だって夜中に押しかけたり、泊まったり、あれこれと常軌を逸した行動をしているのである。

（まぁ……そうよね……私の行いに比べれば、膝枕なんて……眠いからたまたま近くにあった私の膝を使っただけってことだろうし……！）

真央は赤くなったり青くなったりしながら、それでも彼を起こさないように必死に呼吸を整えながら、自分を抑える。そうやってしばらく自分と戦っていると、膝の上の累から、すうすうと規則正しい寝息が聞こえてきた。

（ほんとに、寝ちゃった……）

犬かと思えば、猫だった。

真央はふっと笑って、彼の長いまつ毛に引っかかったままの前髪を、そっと指ではらう。

そもそもお互いを異性として認識していないのだ。一緒に住めばと言われて驚いたが、彼の健康のためには、これでよかったのかもしれない。

（そうよ……これは原稿のため、仕事のためなんだから……）


そして真央は、献身的に累の作家生活を支えた。納豆ご飯と商店街で買う総菜で生きていた累にきちんと三食食べさせつつ、執筆のための調べものを手伝う。大変だが、合宿のようで楽しくもある。

なにより累が書いてくれることが、真央にとっては嬉しくてたまらないのだ。

その一方で、いずれこの生活が終わると思うと寂しいが、今は目の前の仕事に全力で向き合うしかない。

「──なぁ」

ある日の夜、累の部屋にちゃぶ台を運び込み、キャラクター年表を書き込んでいた真央は、累の言葉に顔を上げた。

「なんですか？」

累が原稿を書いていた手を止めて、肩越しに振り返っていた。椅子の背もたれに腕を置き、じっと真央を見下ろしている。

「お前、アッシュ王子が初恋だって言ってたよな」

「えっ……！　なななな、なんでそれを、知ってるんですか！」

唐突な質問に、真央の心臓が跳ねる。

「その後付き合う男も、みんなアッシュ王子みたいだって、酔っぱらってうちに突撃してきたときに、言ってたぞ」

「あ……そうだったんですか……」

酔っぱらったときのことすべてを覚えているわけではないが、累がそう言うのならそうなのだろう。

（バカバカ、過去の私の馬鹿っ！）

真央は自分の顔が赤く染まっていくのを肌で感じつつ、こくりとうなずいた。

「そう、ですね……」

当然、脳内に染谷の顔が思い浮かぶ。最後に付き合った男ですらアッシュ王子に似ていたことを思い出し、複雑な気分になった。

なぜだろう。自分の友人や職場の人たちですら知っている事実だが、累にそれを言われると、妙に居心地が悪いのだ。

「それはその……累さんが書くアッシュ王子が、めちゃくちゃカッコいいからですよ。こんなふうに、包容力があって頼もしい人が側にいてくれたらって、思っちゃいますよ……」

言い訳のように口にすると、

「ふーん……『包容力があって頼もしい』ね……」

累はどこか面白くなさそうにつぶやいて、そのまま椅子をくるりと回して真央に向き合う。

「――気分転換したい」

累はさっと勢いをつけて立ち上がると、床に座り込んだままの真央の手をつかむ。

「えっ、気分転換ですか？」

真央は慌てて立ち上がり、手を引かれるがまま累と家の外に出た。

方丈邸を出るとき、時計の針は夜の十時前だった。日中はだいぶ暑かったが日が落ちて数時間もすればだいぶ気温は下がる。犬の散歩をしている人の姿も多かった。

「どこか目的地があるんですか？　お財布も持ってきてないですけど」

「いや別に。適当に歩くだけだ」

なるほど、どうやらこれは夜の散歩ということらしい。一瞬慌てた真央だが、基本的に部屋の中に引きこもっている累なので、軽い運動は真央としてもお勧めしたいところだ。

「結構、こんな時間でも人が歩いてるんですね」

「ああ、そうだな」

累は真央の問いに淡々と答えながらも、テクテクと歩いている。

（手……）

家を出るときにつかまれた手は、今はごく自然に繋がれていた。

風呂上がりの真央は、タオル地素材の柔らかいワンピース型のルームウェアを着ていて、累は半そでのクタッとしたカットソーと、同素材のロングパンツ姿だった。

隣を歩く累を見上げると、夜風に彼の黒髪がさらさらとなびいて彼のきれいな額をあらわにする。累はいつもラフな格好をしているが、真央はそんな彼を常々好ましいと思っていた。

（アッシュ王子には似てないけど……）

真央の男性の好みは、十年前からまったく変わっていない。

快活に笑い、表情がコロコロ変わって、あったかくて人付き合いがうまい、そういう男性だ。

だが累は違う。結構な不愛想だし、マイペースだし、言葉は少なくて感情が伝わりにくい。

(でも私……累さんと一緒にいるの、全然苦痛じゃないんだよね)

仕事だからという大前提があってもストレスがまったくない。こんなことは、真央にとって初めてのことだった。

「――なぁ」

少しぶっきらぼうな声がして、顔を上げると隣の累が目の端で、ちらりと真央の顔を見つめていた。

「あんた今、なに考えてる?」

「なにって……」

まさにたった今、編集にあるまじきことを考えていたので、ぎくりとした。

「いいから、思ってることそのまま言って」

そういう累の声は少し熱を帯びていて、嘘はつけないと真央は慌てて口を開く。

「いっ……居心地がいいなって思ってました、ごめんなさい」

真央は思っていた言葉と同時に、謝罪を口にする。

「居心地がよくてなんで謝るんだ」

「えっ……それは、その……」

なぜかと言われれば、うまく答えられない。

（確かに作家と編集の間の空気がよくて、悪いことなんて思い浮かばないけど……どうして私、いけないことだって思ったんだろう？）

真顔になり考え込む真央を見て、累はふっと微笑む。

「あんたのそういうところ……俺は結構好きだぜ」

「すっ……!?」

真央がぎょっとして目を丸くする。

「でもまぁ、責任取るって言った以上、もうちょっとこっちの気持ちも考えてほしいけどな……」

意味深な眼差しでつぶやいて、累は軽くため息をつく。

「えっ？　なにか至らぬ点がありましたか！　あの、言ってください！　直しますから！」

真央は慌てて道端で累に詰め寄ったが、累は軽く首を振ってそれを否定した。

「いや、それは自分で考えろよ」

「自分で……？」

「そうじゃなきゃ意味ないだろ」

累はきっぱりと言い放った。

「教えてくださいじゃなくて、俺のことを考えて、考え抜けよ。俺で頭をいっぱいにしろ」

累はそう言って、繋いだ手に力を込める。繋いだ手から、なにかが伝わってくる気がしたけれど、真央はよくわからなかった。

「累さん……」

自分で考える——。

真央は単純に、自身に悪いところがあったら指摘してほしいと思うが、それではだめだと言われている。

（そんな意地悪言わずに、話してくれたらいいのに……）

そう思う自分がおかしいのだろうか。

真央は若干腑に落ちないと思いながらも、こくりとうなずいた。

「はい……」

「よし」

累は真央の返事を見て気を取り直したように、歩き始める。当然手は繋がれたままなので、真央も自然に累と肩を並べて歩き出していた。

正面から夜風が吹き抜けていく。

乱れる髪を繋いでいないほうの手で押さえると、それに気がついた累が手を伸ばし、真央の頬にかかる髪を指ではらって、また何事もなかったかのように歩き始める。

まるで大事な宝物のように扱われた気がした。

静かな住宅街の中を歩きながら、真央はとくとくと、自分の心臓が早鐘のように打つ音だけを、聞いていたのだった。


それから一週間ほど経った月曜日。一葉書房はPR誌の入稿を終えたばかりで、まったりとした雰囲気が漂っていた。

一葉書房消滅の危機はとりあえず延期になったとはいえ、PR誌のWEB移行は決定事項である。紙からWEBに変われば締め切りはだいぶ楽になるので、それだけは純粋にありがたい。

「ごちそうさまでした」

家から持ってきたお弁当を食べて、真央はそのまま「ふわ……」とあくびをする。

今朝方丈邸を出るとき、何度も「食事だけはちゃんととるように」と口を酸っぱくして伝えたので、今ごろ累も同じお弁当を食べているはずだ。

真央は食後のお茶を飲みながら、ため息をついた。

（あっという間の一週間だったなぁ……）

執筆中の累は食事以外ほぼ部屋にこもりきりなので、そう家の中で鉢合わせることもないのだが、お風呂のときは『この後、累さんもこれに入るの？』とドキドキしたし、お布団を敷いて寝ているときも『廊下の向こうで累さんが寝てる？』とソワソワして、最初の数日は緊張してよく眠れなかった。

一緒に暮らしていれば、そのうち慣れるのだろうかと考えたが、一週間経ってもこれだ。

（そして今日もお返事はない……っと）

気を紛らわせるために、自身のメールボックスを意味なく更新したが、野田海二からの返事は来ていない。

「むむむ……」

諦めきれず、頬杖をつきＨＰの『news』のリンクをクリックする。個展やギャラリーの様子などが日記形式でつづられているが、最新の日付が真央が連絡をした数日前で更新が停まっていた。

（最後のお知らせは……銀座のギャラリーだ！）

とあるギャラリーの二十五周年記念に、作家のひとりとして作品を展示しているらしい。

よくよく過去記事を見れば、なんと在廊する日が親切にも記載されている。

これはもしかしたら野田海二に直接会えるかもしれないチャンスだ。

そうなれば話は早い。

「編集長、野田先生、銀座のギャラリーに今日来られるみたいなので、ちょっと今から行ってきますっ」

「えっ、あ、櫻井君っ!?」

ちょうど電話中の葛西が驚いたように顔を上げたが、返事を聞くよりも早く、真央はバッグをつかんで飛び出していた。


一葉物産本社ビルから銀座までは歩いて行ける距離である。いそいそとエントランスを横切っているところで、「よっ！」と手を上げて斜め前から男性が近づいてくる。

「……染谷さん」

ストライプのスーツの上着を腕にひっかけて、さっそうと歩く染谷は得意先から戻ってきたようだ。ほんの少しだけ額に汗をにじませているが、それすらさわやかに見える。見た目がいいと、本当に得だなと思いながら問いかける。

「今帰り？」

「ああ。お前は？」

「銀座のギャラリーに行くところ。装丁画を頼みたい先生が、在廊してるみたいだからご挨拶にね」

染谷と最後に話したのは一か月以上前だ。

累に追い返され、正木と衝突し、社長に皮肉を言われて死ぬほど落ち込んだ日なのでよく覚えている。あれっきり染谷と社内で顔を合わせることはなかったので、少し気まずい。

だがこうやって、表向きは何事もなかったかのように話せるのは、ひとえに染谷が大人の対応をしているからだと真央はわかっている。

(向こうから声をかけてきてくれたんだもんね。一言だけでも謝っておこう)

真央はそう決意して、額の汗を黄色のハンカチで押さえる染谷を見上げた。

「あの……こないだはごめん。私、すごくイライラしてて。染谷さんにあたった。本当にごめんなさい。じゃあ」

エントランスは人の出入りも多い。あまり目立たないようにそのまま染谷の横を通り過ぎようとしたのだが、「待った」と腕をつかまれた。

「え?」

驚いて振り返ると同時に、染谷がにっこりと笑う。

「俺も行く」

「は?」

「いや~、ちょーど芸術に触れたかったんだよな」

出た。

「ええ？」

んなわけあるかー！と真央は心の中で叫んだがもう遅い。こういう状態の染谷を止められるほど真央は器用な人間ではない。そのままずるずると引きずられるように一葉物産を出た。

（なんでこんなことに……）

気がつけば途中百貨店で買ったお土産のマカロンを片手に、目当てのギャラリーまでやってきていた。

「すみません、野田先生はどちらに？」

染谷が受付で尋ねるのを聞いて、真央は目を丸くする。

「なんで私が野田先生を訪ねて来たって知ってるの？」

真央は彼に野田の名前を告げていないし、『マオの旅』という単語すら出していない。

「そりゃお前……普通にここ名前出てるし」

染谷がちょいちょいと指を指した。ギャラリーの入り口には看板が立っていて、二十人ほどのアーティストの名前が連なっている。その中に野田海二の名を発見したらしい。

「で、この絵だろ。見覚えある。お前の部屋にポストカードあったよな。確か……ベッドの横だったたか」

テーブルの上に置いてあったフライヤーを手に取って、ほらと笑う。

染谷の言うとおりだ。

「っ……」

ちらりと意味深に見つめられて、心臓がキュッと縮こまる。

染谷のささやく声が近い。いや、近すぎる。真央は息すらできなくなった。

染谷には彼女がいる。いくら元カノだからってここまで接近するのはお互いにとってよくないことだ。

「ちょっと……」

怒ろうとしたところで、受付の女性が野田先生はあちらにいらっしゃいます、と教えてくれた。その瞬間、染谷はパッと身をひるがえし「野田先生！」と声をあげ足早に輪の集団へと突撃していくではないか。

「えっ、ちょっ、染谷さん！」

止める間もなかった。慌てて野田のあとを追いかける。

（本当にもうっ……どうなってるの……！）

真央はこの時点ですでに半泣きだ。

だが――この後の染谷の機転で話はとんとん拍子に進んでしまうと、いったい誰が想像できただろうか。

「──ただいま戻りました」

真央が染谷を連れて広報編集室のドアを開けると、

「あ、おかえりー！　何度も電話したのにどうして出ないのよ～」

井岡が妙に興奮した様子で真央のもとに駆け寄ってきて、バシバシと肩を叩く。妙にハイテンションだ。

「ごめんなさい、ギャラリーに行ってたので、携帯をマナーモードにしてて……。あ、そうそう、野田海二先生にお会いできたんです。それで──」

「楽しかったなー。ギャラリー」

真央の背後にいた染谷がひょっこりと顔をのぞかせると、井岡がまた目を輝かせた。

「あらっ、染谷さんじゃない！　えっ、ふたりで行ってたの？」

「そうなんですよ、井岡さん。ふ、た、り、で、行ってたんです」

「ちょっと染谷さん、そういう言い方やめて」

染谷は面白がって、過去の二人の関係を知る井岡に、意味深な態度を取っているのだ。

真央は肘で染谷の横腹を突きながら、言葉を続けた。

「それでですね、本題なんですけど、野田先生に装丁画の件、ご了承いただけました」

「俺のおかげだよな」

染谷が茶化すように口を挟む。

「えっ、ええっ、ほんとに⁉　よかったじゃない。ずーっと返事がないって、櫻井ちゃん悩んでたものね！　でもそれが染谷さんのおかげ、なの？」

井岡の問いに、真央の顔は自然と不機嫌になる。

「まぁ……確かにきっかけにはなった、かもしれないです……かも、ですけど」

真央はつい一時間ほど前の出来事を思い出して、若干ブルーな気持ちになった。

「なにがあったのよ～、あっちで詳しく聞かせてほしいわ」

井岡はニコニコ微笑みながら、染谷と真央の顔を見比べて、書架の向こうにある作業スペースを指さした。

「えっ？」

「実はね、ＲＵＩ先生が我らが一葉書房に来てくださったのよ～！」

井岡の言葉に真央は目を丸くするが、

「さ、染谷さんもどうぞ」

「はーい、お邪魔しまーす！」

染谷が元気いっぱい返事をして、ふたりは書架のほうへと歩いていく。

「ちょっ、ちょっと待ってよ……！」

慌てて真央もあとに続くしかない。

（累さんが来てるって、どういうこと？）

今朝、彼はそんなことを言っていただろうか。いや、まったくそんな気配はなかったはずだ。

不思議に思いながら作業スペースに入ると、スペースの奥の窓際に、壁を背にして累が長い足を組んで座っているのが見える。体の前で腕を組み、どこかツンとした顔で窓の外を眺めていた。

「ＲＵＩ先生、初めまして。お会いできて嬉しいです」

染谷が累に名刺を差し出している。

累は椅子に座ったまま、差し出された名刺を一瞥した後、それを受け取ってポケットに入れた。

（名刺……受け取ってる……！）

愛想はないが、今まで彼が名刺を拒否するところしか見ていなかったので、それだけでものすごい進歩のような気がしてくるから不思議だ。

そして累の隣には、葛西、その隣の中野が、累に向かって目をキラキラさせながら座っている。真央を見て、口パクで「イケメンですねっ！」と伝えてくるくらい、はしゃいでいた。

「櫻井さん、おかえり。ちょっと聞こえたんだけど、野田先生にＯＫもらったって？」

「あ、はい……」

壁際の椅子はすべて埋まっていたので、真央はとりあえずテーブルを挟んだ累の前に座った。染谷が真央の隣に座り、そしてその横に、染谷と真央の分のコーヒーを淹れてくれた井岡が着席する。

真央はちらりと累を見たが、彼は相変わらず窓の外を眺めていて、こちらを見ようともしない。

どうもご機嫌斜めのようだ。

（どうしたんだろう……？）

自分がなにかしたのだろうか。彼がなぜ怒っているのか、思いつかない。

気になったが皆がいるここでは聞きづらい。仕方なくこの場にいる皆に向けて、野田の話をすることにした。

「えっとですね……。実は事務処理をされている奥様が、ちょうど家出をされていたらしいんです。それで私が送ったメールを、まったく見ていなかったみたいで」

「家出？」

井岡が不思議そうに首をかしげる。それを聞いて染谷が真央の代わりに、ことのなりゆきを説明した。

「そう、家出。夫婦喧嘩の真っ最中だったらしい。先生にとってふたまわりも年下の奥様は創作のミューズなんだけど、その奥様には振り回されているようで。彼女が帰ってくるまで仕事どころじゃないよって、だいぶ落ち込んでいらっしゃったんですよ」

　頭の後ろで手を組んで、染谷がにこりと笑う。

「んで、俺が先生にそういうときはすぐ電話しなきゃだめですよって話して、結局まぁ、仲直りできたんです。奥様、怒るとマジで数か月家に帰ってこないらしくって、本当に感謝されましたよ」

　染谷はアハハと大きな口を開けて笑っていた。

「へ～さすがの芸術家も奥様には弱いんだ。それにしても染谷さん、大活躍じゃないですか」

　アルバイトの中野が、感心したように染谷を見つめる。

　染谷は一葉物産営業部で若手の中では一番のエースと呼ばれる、天性の人たらしだ。たとえ相手が自分の父親くらいの年齢であっても、するっと懐に入り込んで、まるで昔からの戦友のように心を開かせてしまう。ある意味コミュニケーションモンスターだった。

「だけど奥様が家出したって……よくそんな込み入ったお話できたわね」

　井岡の言うことも当然だ。しかも場所は、酒の入った接待の席でもなく、ほかにも鑑賞している客がいるギャラリーだった。だが染谷はそんな中でも、自分へ注意を向けさせる術を知っている男なのだ。

「いや、それほどでも。以前、こいつに見せてもらった絵も飾られてたし。俺が『俺、アッシュ王子に似てるって言われたことあるんですよーっ、いい男ってことですよね～』って話しかけたら、『なんだい、きみは図々しいな！』って先生に笑ってもらえて。そこから三人で話せたんだよな？」

悪気もない様子で、ギャラリーでもらってきたフライヤーをテーブルに置き、真央に微笑みかける。

「確かに『マオの旅』随一の人気キャラクターに似てるって自分で言うの、図々しい発言だね」

葛西も笑って、当然、テーブルに笑い声が響く。だが真央は即座に、左肘で染谷の脇腹を突いていた。

「そういうこと言わなくていいっ！」

「はいはい、ごめんごめん」

まったく悪いと思っていなそうな染谷は、頭の後ろをガシガシと掻いた後、紙コップに入っていたコーヒーをあおるように飲み干し、立ち上がった。

「じゃあ俺、行くわ。またな」

「あ……うん」

本当に騒々しい男だが、実際染谷がいなければ、野田海二の夫婦喧嘩はもっと長引いて、すぐには仕事を受けてもらえないという事態に陥っていたかもしれない。十周年という記念の年に、どうしても続刊を出したかった一葉書房としては、染谷のおせっかいともいえる介入は天の助けだった。

「染谷さん、ありがとう」

真央も少しだけ手を上げると、染谷は満足そうに微笑んで、広報編集室を出て行ったのだった。

「じゃあ野田先生のスケジュールだけど」

葛西が本題に入ろうとした瞬間、

「ちょっと待った。悪いけどこいつとふたりで話したい」

と、累が初めて口を開いた。

累の視線が窓の外から自分に向けられて、真央はホッとしたが、どこか累の表情は硬いように見える。

「ああ、そうですねぇ。では我々は向こうのデスクで打ち合わせをしますね。ＲＵＩ先生、初稿ありがとうございました。さっそくこれから、準備を進めていこうと思います」

葛西の一言で、真央以外のメンバーは椅子から立ち上がり、ぞろぞろと作業スペースから出て行ってしまった。

「——初稿、終わったんですか？」

ふたりきりになって、累に尋ねる。

「ああ。ちょうどでき上がったから……。ＵＳＢ持ってきたんだ。あんたがいると思って」

方丈家にはインターネット環境がない。なのでわざわざ保存したデータを物理的に持ってきてくれたらしい。

「そうだったんですね」

確かに昨日の段階で、累はほぼ終わっていると話していた。

「今日の夜、私に渡してくれてもよかったのに」

そう言うと、累は「はぁ……」とため息をつく。

「なぁ。さっきのあいつ……誰」

「誰って……」

唐突な質問に、真央は口ごもる。

誰かというのなら、さっき名刺をもらった累にはわかるはずだ。だがそういうことを言われているわけではない気がした。

「彼は営業部で……」

「営業部のあいつが、これをどこで見たんだ」

累は、テーブルの上に染谷が置いた、フライヤーをとんと指で叩く。それは真央のベッドサイドに飾ってある、野田海二のポストカードと同じ作品で──。

　真央は息をのむ。

「それは……」

　染谷とは一年近く付き合っていて、もちろん彼は真央の部屋に何度も泊まったことがある。だから彼が見覚えがあるのも当然なのだが、自分と染谷が付き合っていたということを職場の誰もが知っているはずなのに、なぜか累だけには知られたくない。

　累はゆっくりと立ち上がり、椅子に座ったまま無言を通し真央の横に立つ。

「あいつのおかげ……か。俺が聞いても話さなかったのに、あいつには、部外者のあいつには相談するんだな」

「あ……」

　累という男は、どこまで勘が鋭いのだろう。真央が以前から野田海二から返事がないことを悩んでいて、それを染谷が解決したことを、一連の流れですべて理解したのだ。

　どこか冷淡な眼差しと声に、心臓がぎゅっと縮む。

「あっ、あの……」

　彼の作品なのだから、確かに相談するべきだった。だが真央は累に迷惑をかけたくなかったのだ。自分で解決できるなら、自分一人でどうにかしたかった。

　たまたま染谷とエントランスですれ違っただけなのに、ほんの少しずつ、気持ちがボタンのように掛け違ってきているような気がする。

（どうしよう）

困り果てたまま、真央は頭上の累を見上げたのだが――。

「真央」

それは初めて、累から名前を呼ばれた瞬間だった。

ずっと「あんた」とか「お前」とか雑に呼ばれていたはずが、名前を呼ばれて、心臓が口から飛び出しそうになった。

「累さん……？」

累の端整な顔が近づいてきて、これ以上近づいたら、おでこがぶつかりそうだとのんきに思ったところで――。

「アッシュ王子に似てるあいつは、俺と違って『包容力があって頼りになる』んだよな」

「え……？」

「俺、めちゃくちゃ嫉妬して……頭が変になりそう。最悪だ」

少し早口でささやいた、累の唇が重なった。

「……っ」

勘違いでもなんでもない、それはまごうことなきキスだった。

少し頬を傾けた累が、真央の唇にキスをしている。

さらさらとした累の黒髪が真央の額にこぼれて、前髪の奥から真央を見つめる累の目が、雨に濡れたようにキラキラと輝いているのが見える。

（ど、どうして……えっ……？）

真央は目を閉じることも忘れて、体を強張らせる。

逃げようにも、累がパイプ椅子の背もたれを両手でつかんでしまっていて、彼の腕の中に閉じ込められている。ただ一方的に与えられる口づけを受け止めるしかない。

書架の向こうには同僚がいる。

もし彼らがこっちに戻ってきたら？

こんなところを見られたら、真央は彼の担当を外されてしまうかもしれない。

その瞬間、全身から血の気が引いた。

「……だ、めっ……」

真央は声を押し殺して、累の胸に手を置き、距離をとろうとしたのだが、今度はその手首をつかまれる。

「っ……」

結果もみ合う形になり、真央が座っていたパイプ椅子が、そのままバタンと大きな音を立てて倒れてしまった。想像以上に大きな音に心臓が縮み上がった。

「──どうしたのー？」

書架の向こうから井岡の声がした。

頭が真っ白になった真央が、声をあげそうになった瞬間、累は真央の後頭部を自分の胸に押し付け、叫んでいた。

「俺が椅子を倒した！」

そして狼狽する真央の背中に腕を回し、耳元でささやいたのだ。

「今日は……あんたのそういう鈍感で無神経なところ、すげえ腹が立つ」

「……」

そっと真央から手が離れる。体は自由になったが、真央はその場から一歩も動けなかった。

無言の真央を置いて、累はそのまま書架の間をすり抜け、皆がいるデスクのほうへと向かう。

「俺、帰るんで。お邪魔しました」

書架の向こうで皆の声が聞こえたが、内容は耳を素通りして頭に入っていかなかった。

第六話　ここから始まる新しい物語

その日、真央が一葉書房を出たのは、夜の十時を過ぎてからだった。別に累と顔を合わせづらくて、帰宅を遅らせたわけではない。

葛西の指示で、帰る前にＳＮＳで『マオの旅』六巻の発売決定をお知らせしたところ、そのお知らせがまたインターネット上でバズり、トレンドにあがり、広報編集室のＦＡＸと電話がパンク状態に陥ったのだ。

地道にＳＮＳでファンを集めていたのもよかったのだろう。

「発売日もなにも決まってないのに、こんなことがあるのねぇ……」

というのは井岡の言葉だが、社員三人どころかアルバイトも、九時過ぎまで問い合わせ対応のために残業する羽目になり、全員が疲弊して帰宅したのだった。

（一週間くらい、こんな調子かも……）

真央ははぁ、とため息をついて電車に乗る。

（――累さんに……嫌われた……よね……）

ふと気を抜くと、今日のキスのことを思い出してしまう。

『鈍感で無神経なところ、すげえ腹が立つ』

累はそう言って立ち去った。

彼の硬質な声の響きは、まだ真央の耳に強烈に残っている。

（そっか……私……またやっちゃったんだな）

彼の低い声を聞いたとき、みぞおちに薄くて鋭いナイフをするりと差し込まれた気がした。

（私が……累さんを好きになってしまったのに……目をそらし続けていたから）

累のプライベートスペースに踏み込んだくせに、編集者として仕事をしているだけだと自分に言い訳していた。

自分の気持ちを確かめず、逃げて、誤魔化し、自分に嘘をつき続けた。

累に『自分で考えろ』と言われたくせに結局向き合わないまま、一番傷つけてはいけない累の気持ちを、踏みにじったのだ。

あのキスは、男として見ているくせに、踏み込んでこない、逃げっぱなしの真央への仕返しだ。当然きっかけは自分だ。累は悪くない。

以前、社長にも『私生活がポンコツだ』と、累と同じようなことを指摘されて、落ち込んだはずなのに、なぜまた繰り返してしまったのだろう。未熟な自分が情けなくて吐き気がしてくる。

（私……最悪な女じゃん……）

染谷との関係を誤解したかもしれないとはいえ、累が怒って当然だと思う。

親しげに見えても、染谷とは別れているし、野田海二のことだって、彼の本のための装丁なのだから、相談すればよかったのだ。

彼が好きでたまらないのに、作者と作品を重ねて見ていないと自分に言い聞かせていた。ひとえに『編集者としてふるまうべき』という感情が、真央にあいまいな態度を取らせ続けた。

どうやって累に謝ったらいいのだろう。

染谷とはもう数か月前に別れている、私が好きな人はあなたただ一人です——？

頭の中でそらんじると、その勝手な言い分にまた腹が立った。

そんな告白ができるはずがない。

自分と累は、編集と作家だ。

それに今更好きだと言われたところで、累からしたら嫌悪感しかないだろう。どの口が言うと、失笑されるに違いない。

（もうあの家には帰れない……）

真央は途中で電車を降りて、反対側のホームへと移動する。

とりあえず初稿はあがったのだから、真央があの家にいる必要はないし、累だって来てほしくはないに決まっている。

じんわりと目の端に浮かんだ涙を、真央は指先でこっそりとぬぐった。

それから真央は、がむしゃらに働いた。今まで通り、自宅と会社を行き来して、仕事に集中することによって、心の均衡を保とうとした。

だが、手にした六巻の新しい『マオの旅』の初稿を読んだときは、激しく動揺していた。

（ああ、やっぱりそうだったんだ……五巻の続きは、あったんだ……）

面白いとか面白くないとか、そんな次元ではなかった。震えながら原稿をめくり、涙をこらえ、我慢しきれなくなって嗚咽し、何度も顔を洗いに席を立ってしまった。冷静さを取り戻せたのは、十回ほど読み直してからだ。

（最高だった……生きててよかった……）

許されるなら、累の住む方向に五体投地して拝みたいくらいだった。

当然累に感想を伝えたくなったが、必死に我慢して、仕事に没頭した。装丁、本文レイアウト、帯のデザインなど、度重なる打ち合わせをしつつ、同時に『マオの旅』のプロモーションの準備もしていく。

あっという間に季節は七月を折り返し、本格的な夏が始まろうとしていた。


「えっ、出版記念イベント⁉」

社長室に呼び出された真央は、柳澤の発言に足元がぐらついたのを必死に立て直しながら、首を振る。

「いやいやRUI先生は、そういうことが、あんまりお得意なタイプではないんですが……」

「本人に確認したのか？」

柳澤は相変わらずのド迫力で、ただ足を組んで椅子に座っているだけでも十分に怖い。

「――いえ」

「だったら、お前がRUIの気持ちを代弁するな」

「そう……ですね。すみませんでした」

柳澤の言うことも、もっともである。仮に人前に出るのが苦手であっても、人前に出る、出ないの選択は本人がするべきものだろう。

「ちなみにその、記念イベントってどんなことをするんですか？」

「そうだな。百名ほどファンを募集して、サイン会とトークイベントだな」

「サイン会にトークイベント……」

勝手に決めつけてはいけないとわかっているが、果たして累にそれができるのだろうか。

正直疑問だが、とりあえず打診はするべきだろう。

「とりあえずＲＵＩには伝えておけ」

「はい」

真央はペコッと頭を下げて、社長室を出る。

初校はつい先日累のところに宅配便で送っている。誤字脱字が修正され、赤字で校閲の指摘が入ったものだ。修正されたものをもう一度反映させ、再校に問題がなければ本文は校了となる。

ちなみに先日挨拶に行った折、野田海二も、『この仕事のおかげで名前が売れたからね』と、ずいぶん気合を入れて装丁画に励んでくれているようだった。

この調子なら『マオの旅』六巻は、当初の希望通り年内、十二月に発売されるだろう。

「十二月かぁ……」

夏真っ盛りの今、十二月がどうなっているか想像するのは難しいが、全国の書店に『マオの旅』の六巻が積まれることを考えると、やはりワクワクするし胸が弾む。

その一方で、あれから一度も顔を合わせていない累とのことを思うと、チクチクと胸が痛んだ。

連絡を取ろうと思っても、なにしろ方丈家には電話もインターネットもない。直接会うという選択肢しかない。

ちゃんとごはんを食べているのか、夜は眠っているか、なにか原稿で悩んではいないか、気になって仕方ないが、累への恋心を自覚した今、仕事だと言い訳して彼のところに行くのはとても卑怯な気がして、実行に移せないままだった。

「はぁ……」

急に喉が渇いて、冷たいアイスティーが飲みたくなった。

「コンビニ行こうかな……」

エレベーターに乗り、一階エントランスフロアに降り立ったところで、

「櫻井」

と、久しぶりに懐かしい男に声をかけられた。

「あ……」

外出先から戻って来たらしい。染谷はニコニコと微笑みながら近づいてきて、ちらりと真央の手元を見る。

「社長に呼ばれてた？」

真央の持っている資料の束で、なんとなく推測したのだろう。

「もうっ、勘がよすぎてイヤッ！」

真央ははあっとため息をついて、肩を落とした。

「あはは。いや、顔が地味に落ち込んでるから、無理難題言われて、気分転換したくなったんだろうなって、思っただけだって」

そして染谷は持っていた紙袋から個別包装になったクッキーを取り出すと、真央に差し出した。

「お客さんにもらったんだ。なんかいいやつらしいからお前にもやる」

「……ありがとう」

「じゃあな、頑張れよ」

そして染谷はエレベーターのほうへ、スタスタと歩いて行ってしまった。

真央は一口サイズのクッキーをそのままポケットに入れて、コンビニへと向かう。

（そういえば……私のこと名前で呼ぶの止めてくれたんだ）

ホッと胸を撫で下ろしながらコンビニへと向かい、お目当てのアイスティーを買ってから社に戻る。

一歩外に出るだけで、コンクリートの照り返しがきついが、また社内に戻ると冷房で体が冷えそうになる。風邪をひかないように気を付けないとと思いながら十二階へと戻り、総務の前を通り過ぎたところで、「櫻井さん」と呼びかけられた。

「はい？」

声のしたほうを振り返ると、総務からとびっきりかわいい女の子が姿を現した。

「あっ……！」

思わず小さく声が出てしまい、慌てて手のひらで口元を覆う。

「すみません、櫻井さんが通りかかるのが見えて……」

彼女は驚いた表情の真央を見て、申し訳なさそうに頭を下げた。

「ああ……いえ。なにか用ですか？」

真央は慌てて笑顔を作り、にっこりと彼女に向き合った。

（まさか彼女に話しかけられるとは……！）

顔は笑っているが、内心はドキドキだ。

彼女は、名前を前田安奈《まえだあんな》といい、研修に参加した営業部で染谷に一目ぼれし、真央という彼女が社内にいると知りながら猛アタックしたという、清純派の見た目とは真逆の肉食系女子だ。

「ちょっと……」

安奈は周囲を見回した後、真央と廊下の端に移動する。わざわざ人目を避けるくらいだから仕事の話ではないわけで――。そうなると話題は一つしかない。

「健人さんのことなんですけど……」

「は、はい……」

真央はハラハラしながら彼女の言葉を待つ。

（もしかして、社内でしゃべらないでとか、そういうことだったりして……）

そんなことを言われたら、どう応えていいかわからない。

緊張して待つ真央に、

「私、彼と別れたんで」

安奈はさらりと、何でもないことのように告げる。

「え？」

思ってもみない言葉に、真央は目をぱちくりさせる。

「っていうか、そもそも付き合ったって言っても、なにもなくて」

「あの？」

彼女はなにを言っているのだろう。意味がわからない。

そんな真央の表情を見て、安奈はひどく気まずそうにうつむいてしまった。

「だから……その、研修後の懇親会で、酔いつぶれた私を健人さんが介抱してくれたのは、事実なんですけど……。櫻井さんがいるのわかってて……それでも彼に気づかれないように、無理やりキスしたのは私なんです」

「――えっ……そうだったの……？」

真央の脳裏に、あの夜のことが強烈に甦《よみがえ》る。

とあるホテルの宴会場で行われた一葉物産の懇親会で、真央は宴会場の外で、恋人であるはずの染谷と安奈が、抱き合いキスしているのを見てしまったのだ。あまりのショックに真央はなにも言えずその場を離れてしまい、悩んだあげく別れを選んだ。

(無理やりキス……そうだったんだ……)

真央は軽く眩暈を覚えつつも、ひどく落ち込んだ様子の安奈に声をかける。

「話してくれてありがとう。でも、もう終わったことだから」

「そんなこと言わないでください。終わってないんです」

安奈は首を振った。

「健人さんは今でも櫻井さんのこと好きですよ。櫻井さんに振られたって聞いて、これで私のこと好きになってもらえるって思ったけど……。結局わがままばかり言って、健人さんのこと、困らせただけでした」

安奈はしょんぼりとうなだれて、そのまま「本当にごめんなさい」とつぶやいた。

肩を落として総務部へと戻る安奈の後ろ姿を見送って、真央はふと泣きそうになる。

(健人が……まだ私のことを、好き……？)

真央はその場に立ち尽くしたまま、染谷のことを思う。

彼は真央が「別れよう」と告げたとき、あまり驚いていなかった。

当時彼は若手の中ではトップクラスの営業成績で、上司の覚えも抜群だった。だからどうしても、プライベートや真央との付き合いに時間を割けなくなっていたのだ。真央が「別れる」と口にすることも、そのうち訪れる破局も、なんとなくではあるが予感していたのだと思う。

真央は染谷と安奈のキスを見たことは言わなかったが、彼が仕方ないと感じていることも、真央にとっては、やはり別れるしかないのだと思わせられたのだ。

それでも染谷は、別れた後も明るく振舞っていたし、なんだかんだと真央を気にかけて、部署も違うのに手助けもしてくれた。

染谷のことは、やはり本気で嫌いにはなれないのだった。

だが――もし安奈の言うことが正しく、まだ真央のことを思ってくれているとしても、彼は真央に、その気持ちを告げるつもりはないのだろう。

彼は彼で、別れを選んだのだから。

仕事、趣味、生きがいは人それぞれで、そのときによって人生の大切なものは変わっていく。

人は恋だけで生きているわけではない。真央も染谷も、わかっている。

ほんの少しのすれ違いで、人の心はあっけなく離れてしまう。

（うまくいかないな……）

そう、だから――本当は……。

真央はようやく今自分がやるべきことがわかった気がした。

真央はその日、仕事を終えた後、方丈邸へとやってきていた。

ゆっくりとチャイムを鳴らすと、しばらくして累が姿を現した。

大きく首が開いた半そでのカットソーに、スウェットとパンツ姿で、風呂上がりなのか肩にタオルをかけて、髪も濡れていた。

(少し……痩せた?)

彼と会うのは三週間と少しぶりだ。些細な変化に胸がぎゅっと締め付けられる。

親しい友人でも社会人ともなれば、そのくらい会わないこともあるはずなのに、累と離れている間、真央は一日だって彼を思わない日はなかった。

(やっぱりこういうのはずるいけど……)

真央は今日、差し入れと称して駅前でケーキを買い、持ってきたのだ。

真央が口を開こうとすると、

「なーお!」

足元に近づいてきただいふくが、大きな声で鳴いて額を真央の足にすりつけた。

「だいふく……」

彼の体当たりで、少しだけ肩から力が抜けた。

（私、要所要所でだいふくに助けられてるかも……）

真央は持っていた紙袋を、累に差し出した。

「これ、以前美味しいって言ってた、ブラウニーです。差し入れです」

緊張のあまり、若干言葉遣いが片言になってしまったが、仕方ないだろう。

「――ああ」

累は紙袋を受け取り、真央をじっと見つめる。真央の次の言葉を待っているようだ。

「あっ、あのっ……」

「まだなにかあるのか」

累の若干冷たい声に、ほんのちょっぴりの勇気がつぶれて消えそうになる。

だがへこたれてはいけない。傷つく権利もない。

それこそ自分のせいでこんなことになったのだから、けじめをつけるのは自分でなければならないのだ。

真央は大きく深呼吸して、相変わらずどこかだるそうに戸にもたれる累を見上げた。

「その……今更こんなことを言われても困ると思いますが……私、あなたが、一人の男性として、すっ……好きです」

真央のストレートな告白に、無表情だった累の頬がかすかに震えた。

だが相変わらず体の前で腕を組んだままで、累は抑揚のない声でささやく。

頼りがいがあって包容力がある、王子様に似ているところがあるからと、好きになっていた。

ああ、そうだ。今まで好きになった男の子はみんなアッシュ王子に似ていた。

「俺はお前のアッシュ王子じゃないぞ」


だが累は違う。

その瞬間、真央は弾かれたように叫んでいた。

「私の人生でっ、アッ……アッシュ王子に似てるところがなくても、気になって、そして好きになったのは、累さんが初めてです！」

「――――」

真央はぎゅっと自分の腕をつかんで、なおも累を見つめた。

「染谷さんとは、確かに昔付き合ってました」

「昔？」

「何か月も前です！　お互い納得して別れを選びました……。今でも後悔はしていません。よりを戻したいなんて思ってないです」

真央はぐっと息をのむ。

「でも、でも、累さんのことは諦められないです！　あなたの描く物語も、あなた自身も……全部、全部、私の宝物です。これからもずっと好きです！　累さんにはこれからも物語を紡いでほしいし、私はそのためだったら、ずっと頑張れますっ……！」

息がうまく吸えなくて、真央は言葉を止める。

ゆっくりと息を吐き、吸って、言葉を続けた。

「私、言ってはいけないことを言ってるのはわかっています。編集が作家に個人的な恋愛感情を持つなんて、だめだって……わかってます……！　だから今まで自分で自分を誤魔化して……これは仕事のためだって言い聞かせて……。累さんに『責任取れ』って言われたときも、なんだかプロポーズされたみたいで嬉しかったのに、ちゃんと答えを出さないままで！　そのあとも、『考えてほしい』って言われたのに、自分の気持ちに向き合わないままで……！　累さんのこと、さんざん傷つけました……本当にごめんなさい！」

そして真央は、深々と頭を下げてゆっくりと息を吐くと、それから跳ねるように顔を上げた。

累はまっすぐに、なにか信じられないものを見るような目で、真央を見つめている。

今彼が、なにを考えているのかわからない。心が読めたらと思うが、これは物語ではない、現実だ。

自分の気持ちは自分の言葉で語るべきだし、たとえ人が心底わかり合えることが不可能だとしても、その努力はしたかった。後悔したくない。

「今、私があなたに告白したこと、忘れてくれていいです。なかったことにしてくれていいです……でも……私のわがままでしかないですが、できればあともう少しだけ……担当を続けさせてください、お願いします！」

真央はまた深く頭を下げて、「それでは夜分すみませんでした。失礼します！」と叫び、累の顔を見ないまま、敷地内から飛び出していた。

（言った……言ってやったぞ……！）

我ながらめちゃくちゃな告白だったが、体の中に妙な高揚感が満ちている。

振られる以前の問題だったが、今はできることを精いっぱいやった。だからこれでいいのだ。

背後からは深いため息のような声が聞こえた気がしたが、それは「にゃーん」というだいふくの声に、かき消されてしまった。


八月末になり、いよいよ発売が四か月後へと迫っていた。アルバイトはあれから三人に増え、気がつけば広報編集室は合計六人になって、和気あいあいの雰囲気である。

累とはあれっきり会っていないが、事務的なやり取りは続いている。担当を変えろと言われないのは彼の温情だろう。

（とりあえず……年内は、累さんの担当でいられるんだ）

いずれ終わりが来るとわかっていても、『マオの旅』にかかわっていられるのが嬉しかった。なにがあろうとも、今自分ができる精いっぱいの仕事をするつもりだ。

「そういえば、六巻の初版部数ってどうなるんです？　もしかして、どーんと百万部、ですか？」

井岡が客注のＦＡＸをまとめながら葛西に問いかける。

「基本的に、一巻から巻を重ねるごとに、だんだん部数は減るわけだからね。だけど『マオの旅』一巻は三百万部、最終巻の五巻は、百五十万部。読者定着率はかなり高い。でもねぇ、桁違いの部数を発行しているからって、いきなり百万部刷るのは現実厳しいだろうね」

葛西はふうっとため息をついて、デスクに頬杖をついた。

通常は、事前に営業部が取次や書店に営業へ回り、事前注文や過去に刊行された販売実績や、返品率から判断するのだが、なにしろ十年ぶりの新作で、正直読みどころが難しいらしい。

「それはそうですよね……結局たくさん刷っても、半分も書店さんに置いてもらえないなら、在庫を抱えて、倉庫管理費がかさみますし」

真央の言葉を聞いて、「でも絶対売れるはずだけどな～難しいものね」と、井岡は不満そうな顔で椅子に座ったまま肩をすくめていた。

まだ未発表だが、発売日は十二月二十日と決まっている。校了前には部数を決めなければならないが、それはこれからの書店の事前注文次第といったところだろう。

「来月、発売日をお知らせして……あ、そういえば社長が言ってた記念イベントだっけ……RUI先生はなんて？」

井岡がスケジュールをチェックしながら、真央に問いかける。

「一応、了解と……」

原稿を宅配便で送るときに手紙をつけたのだが、戻ってきたときに、原稿に付箋が貼られていて『やる。了解』と書いてあったのだ。

「えーっ、よかったね。やってくれるんだ……！」

「じゃあ来月の発売日のお知らせと一緒に、情報公開しようか。場所はやっぱり町田の文桜堂さんにお願いしてみようかなぁ……確かあそこ、サイン会のためのスペースもあったし。百人くらいならいけるんじゃないかな」

井岡と葛西は喜んでいたが、真央は複雑だった。

（累さんのご両親の耳に入ったら……累さん、どう思うんだろう）

正直、この十年の彼の苦しみを思うと、気が気ではない。どこかで噂を聞きつけた彼の両親がやってきて、累が苦しむことになるのではと不安になってしまう。だが本人がやると言うのなら、真央は彼の意思を尊重するしかない。

(不安がっても仕方ないよね……累さんがやる気なんだから。私はサポートするだけだ)

粛々と準備を進めるのが、真央の今の仕事なのだ。

そして発売日の発表と、出版記念イベントの告知が公式SNSで発表されると、百人の定員に対して数千の応募があり、一時期は一葉書房のホームページのサーバーが落ちるという、大騒ぎになった。

「抽選なのに……先着じゃないのに……都内でやるとしか言ってないのに……この勢い……すごいよね」

井岡が笑って、真っ白なパソコン画面を眺めている。

「いやでも、一葉物産とはサーバーわけてて、よかったよね……。一緒に落ちてたら大目玉だよ」

葛西の言う通りで、もし同じサーバーを使っていたら、一葉物産のWEBサイトは全ページ表示不能で、メールの送受信もできなくなっていたはずだ。柳澤から呼び出されて叱責を受ける自分の姿が容易に思い浮かんで、真央の背筋が震える。

アクセス集中によるサーバーダウンは、今後のことも考えて、レンタルサーバーのプラン変更をし、一時間ほどで復旧した。

　改めて抽選の申し込みを受け付けていると、デスクの上で充電していた真央のスマホが、着信を知らせてブルブルと震える。

　相手は知らない携帯番号だった。

（誰だろう？）

　不思議に思いながら通話ボタンを押し耳に押し当てる。

「はい、櫻井です」

【——俺だけど】

　耳元で低い声が響いて、真央の世界は一瞬、無音になった。

【聞こえてるか】

　いぶかしがる声に、真央は弾けるように答えていた。

「きっ……聞こえてますっ……」

　電話の相手は累だった。

　少しぶっきらぼうで、けれど声質は甘い。彼の声を聞き間違えるはずがない。

　真央は驚いてスマホの充電ケーブルを引っこ抜き、椅子から立ち上がっていた。

「えっ、携帯ですよね、どうしたんですか？」

【買った。さすがにずっと連絡手段がないのはお互い困るだろ】

「あ……そうですね……。それはその……助かります、お気遣いありがとうございますっ

「……！」

真央はそう言いながら、広報編集室を出て廊下の端に立つ。

別に部屋の中にいてもいいのだが、おかしなことを口走りそうな気がして、出てきてしまったのだ。

【べつに。あんたは俺の担当だ。礼を言われることじゃない】

「……累さん」

心臓がありえないくらい跳ねている。電話越しに響く累の声はやたら近くて、本当に耳元でささやかれているような気がして、心臓に悪い。

【なんだ】

「……私、担当でいて、いいんですか……？」

真央の声は震えていた。

もう累には信用してもらえないかもしれないと、ずっと思っていた。それでも仕事は全うしたいと思っていたけれど、累から担当だと言われると嬉しくて、鼻の奥がつんと痛くなった。

【当たり前だろ……他に誰がいるんだ。じゃあな】

「はっ、はい……またっ……！」

そして通話はプツッと一方的に切れてしまった。

「切れた……はぁぁ……」

真央はそのまま、崩れるようにその場にしゃがみ込む。

膝におでこを押し当てて、わ――っと叫びたい気持ちを押し殺す。

嬉しかった。その場で跳ねまわりたいくらい、心臓がドキドキして、泣きそうだった。

ぶっきらぼうでそっけないけれど、彼の「当たり前だろ」は、今どんな言葉よりも嬉しく、温かく真央の胸に響いたのだ。

（がんばろう……失恋したって、彼の仕事のパートナーでいられるんだから）

ぎゅっとスマホを抱きしめて、それからしみじみと幸せをかみしめる。そしてよしっと気合を入れて自分のデスクに戻る。

「どうしたの、櫻井ちゃん。宝くじでもあたったの？」

よっぽど嬉しそうな顔をしていたのだろう。

井岡がからかうように尋ねてくるが、真央にとっては当たらずとも遠からずだ。

「いえその……ＲＵＩ先生が携帯買った、っていう連絡でした」

「ふふっ……それだけ？　大げさなんだから～」

井岡は笑ったが、真央にとっては一大事だ。

累の声がいつまでも残っている気がして、真央の耳からは、なかなか熱が引かなかった。

十月、最初の土曜日。その日は朝からあいにくの雨模様だった。

おなじみの文桜堂書店で、真央は控室として与えられた部屋でウロウロしながら、何度も手のひらに『人』の字を書いて、飲み込んでいた。

「――うう……緊張します」

「落ち着けよ」

「いやいや落ち着けませんよ……。むしろ累さんこそ、どうしてそんなに落ち着いているんですか」

隣でのんきにココアを飲んでいる累が信じられない。

真央はじたばたしながら、腕時計を見る。時間は昼前、十一時だ。

「あと十五分で始まっちゃうんですよ、サイン会がっ！」

「――そうだな」

今日、累は『マオの旅』の作者として初めて人前に出る。

事の起こりは一か月前だ。

十二月に開催される予定の出版記念イベントは、五千人弱の申し込みがあり、大変なプラチナチケットとなってしまった。転売防止のため、身分証の提示などの準備は進めたが、根本的な解決には至らない。

累に電話でその話をすると、【発売前にもやるとか、回数を増やすとか、できないか】と提案してもらったのだ。そして十月と十一月と、一回ずつ、既刊本にサインをするということで、話はとんとん拍子にまとまった。

事前に抽選を行い、一時間に五十人、休憩をはさんで二時間で百人にサインをする、結構なハードスケジュールである。

「きつくなったら言ってくださいね！　読者だって先生に無理してほしいなんて絶対に思ってないはずなので！」

「――わかった」

真央の心配をよそに、落ち着いた様子の累はくすっと笑って、窓の外に視線を向けた。

窓ガラスには、ポタポタと雨のしずくが流れている。朝から降り続いている雨は、午後には止むと天気予報は言っていたが、今は空一面、あいにくの雨空だった。

今日の累は、白のスタンドカラーのシャツに黒のスキニーデニム、そしてサンドベージュの細身のジャケットという、きれいめのカジュアルスタイルだった。

一応サイン会ということを意識して、ジャケットを着てくれたのだろう。

（素敵……だな）

真央の胸は高鳴ったが、顔には出さないように気を引き締める。

そういう真央は黒ののパンツスーツ姿だ。今日はＲＵＩが作家としての旅立ちの一歩のようなものなので、許されるならセレモニースーツでも着て、胸にコサージュでも飾りたいところだったが、そのあたりはグッと我慢して、地味めのスーツにしている。

そこでドアがノックされる。

「はい！」

真央が返事をすると同時に、

「──先生、ちょっとよろしいですか」

北村が中に入ってきた。どこか浮かない表情だ。

「なにかありました？」

真央が尋ねると、北村がドアを後ろ手に閉めて、真央と累に駆け寄った。

「実は……累先生のお母さまだって女性が、来られてて……会わせてほしいと言われてるんですが」

北村の表情は硬い。本当に累の母親なら、書店員に会わせろと言わなくても直接息子に言えばいいのだから。母親を装ったストーカーなのかもしれないと、思ったかもしれない。

「お母さまが……」

真央は息をのむ。だがこうなる可能性があると、真央は予測していた。となると真央がやるべきことは、編集として作家を守る。その一点である。

すうっと深呼吸し、

「私がお話を――」

気合を入れて、一歩前に足を踏み出した瞬間、「待て」と後ろから手首をつかまれてしまった。振り返ると毅然とした眼差しの累と目が合う。

「俺も行く」

「でも」

「あんたひとりが会ったたって、俺の母親かわからないだろ」

「そ……そうでした……」

彼の言うことももっともだ。真央はがっくりと肩を落とす。我ながらこういうところが詰めが甘い。

「母はどこに？」

累が北村に尋ねる。

「とりあえずスタッフの休憩室で待ってもらっています。こちらです」

北村の先導でエレベーターに乗り込み、それから一階に下りてバックヤードへと向かった。

（累さんの……お母さん……）

仮に本人だったら、累はどんなひどい言葉を浴びせられるのだろう。いっそまるで他人のストーカーのほうがマシなのではないかなどと、真央は考えてしまう。

（い……いざとなったら身を挺してでも、累さんを守らなければ……）

真央はぎゅっと自分の腕をつかんで、内心いつでも戦えるように、自分を鼓舞していく。

「──失礼します」

北村がドアを開けて、累、真央と中に足を踏み入れる。

事務所には白い長テーブルがあり、今朝挨拶をしたばかりの文桜堂の男性店長である下《しも》川《かわ》と、ひとりの女性が隣り合って椅子に座っているのが見えた。

「──母さん」

累が呼びかけると、女性がハッとしたように顔を上げる。

年は五十代だろうか。胸に届くほどの髪を後ろでバレッタでまとめて、茶色のツーピースを着ている。真央があれこれと想像していたよりもずっと落ち着いた雰囲気の女性だった。

「累……」

彼女は何度か唇を震わせた後、立ち上がって累のもとへと数歩近づこうとした。

「……」

それを見て、なにか感じたのだろう。下川が身じろぎしたが、累は「すみません。おふたりとも、少し出てもらっててていいですか」と軽く頭を下げる。

「わかりました。廊下にいます」

下川と北村は顔を見合わせてうなずくと、部屋から出て行った。

それほど広くない部屋の中に、三人が残る。

(……私はいて……いいのかな)

真央はかすかに緊張しながら、とりあえず女性に向かって頭を下げた。

「初めまして、RUI先生の担当編集の櫻井と申します」

そしてポケットに入れてある名刺入れから、名刺を差し出す。

「ありがとうございます……」

女性はかすかに微笑んで、足元に置いていたバッグから同じように名刺を渡してきた。

名刺には【藤井綾子《ふじいあやこ》】と書かれていて、誰でも知っている某大手企業の会社名が書かれている。

(ちゃんと働いてる……ちゃんとした大人なんだ……)

累の印税に手をつけて贅沢ざんまいだった母親は、今はその面影がないようだ。十年ひと昔というが、月日は確実に流れている。

真央が名刺をじっと見つめていると、累がそれを上からぶしつけに覗き込んできた。

「離婚して、再婚したのか」

「ええ……去年ね。お互いバツイチ同士なんだけど」

そして綾子は、ぎゅっと唇をかみしめた後、深々と累に向かって頭を下げる。

「ごめんなさい……累、ごめんなさい！」

「――」

突然の綾子の行動に、累はかすかに目を見開く。

「私、身勝手で、最低な母親だった……。あなたは私が産んだ子供なんだから、あなたのものは、才能も、お金も、自分のものだって、勘違いしてた。本当はあなたが持っているものは、全部あなただけのものだったって……。十年かかって、やっと、気がついたの」

綾子はさらに低く頭を下げる。

「謝っても、許されることじゃないのはわかってる。でも、どうしてもあなたに直接謝りたかった。ごめんなさい……」

そして綾子はゆっくりと顔を上げると、「こんなふうに押しかけてごめんね。もう二度とこんなことしないから、ごめんね」と、泣き笑いのような表情を作った。

そして無言で立ち尽くす真央にも頭を下げる。

「お忙しいところ、すみませんでした。失礼します……」

消えいるような声で、彼女はバッグを持ち部屋を出て行った。

このままでいいのだろうか。

「――累さん」

いや、いいはずがないのだ。

「累さんっ、お母さん行っちゃいますよ！」

こんなチャンスはもう来ないかもしれない。

真央がもう一度呼びかけると、累ははっとしたように顔を上げ、部屋を飛び出す。

「母さん！」

「……」

バックヤードの出入り口で、綾子が驚いたように振り返る。

累はその目を見て何度か唇を震わせ、瞬きをしたあと、ゆっくりと声を絞り出した。

「――じいさんの墓参り……たまには来いよ」

少しわかりにくいけれど、それは累なりの許しだったのではないだろうか。

すべてを許すと、水に流すと言わなくても、おそらく彼を十五年育てた母親にはわかったのかもしれない。

「あ……ありがとう……」

累の発言を聞いて、綾子は目に浮かんだ涙をこぼさないように何度か瞬きをしたあと、ほんの少しだけ笑顔になった。

（あ……）

彼女の遠慮がちなその表情を見て、真央の心臓が跳ねる。

いや、正確に言えば累が母親似ということなのだろうけれど。間違いなく、彼女は累と似ていた。

綾子は廊下の奥で緊張したように立っている店長と北村にも深々と頭を下げて、そのまま文桜堂書店を出て行った。

「――サイン会をやると決めたとき、両親が来るんじゃないかって、思ってた」

もうすでに姿のない、母親がそこに立っているかのように、累がつぶやく。

「俺のことはもう忘れろって……あんたなんか親じゃないって、言ってやるつもりだった」

そして累はふうっと息を吐いて、前髪をかき上げる。

「――言わなくてよかったんだと、思います」

「そうだな」

累のその顔は、どこか吹っ切れたような表情だった。

結局サイン会は、五分遅れで開始となった。サイン会場は、児童書と絵本コーナーにある『よみきかせ広場』を模様替えして、特設会場とした。ＲＵＩがサインをするためのテーブルと椅子、あとは少し離れたところにずらっとパイプ椅子が並べられている。

まず店長である下川と北村が入り、それから累と真央がサイン会場に入ると、椅子に座って待機していた五十人がソワソワし始めた。ＲＵＩが誰か気になっているのだろう。そして累がサインをするための机に腰を下ろすと、五十人が一斉にどよめいたのだった。

「えっ、ＲＵＩ先生っ⁉」

「男性だったんだ！」

「てか、すっごく若いっ！」

「イケメン……！」

この十年、一切のプライベート情報を出さなかったＲＵＩを見て、読者たちの興奮状態はさざなみのように伝播して、どんどん大きくなっていく。

憧れの作家を前にして、はしゃがずにはいられない、その気持ちは痛いほどわかるが、このままでは収拾が付かなくなりそうだ。

ちらりと下川に目線を向けると、彼も同じことを感じたらしい。

「では始めましょうか」と下川がささやき、一歩足を踏み出した。

「本日はお忙しい中お越しいただき、誠にありがとうございます。文桜堂書店、町田駅前店店長の下川と申します。ただいまより、『マオの旅』作者のＲＵＩ先生のサイン会を開催いたします。それと……通常は編集の方にご挨拶いただくことはないのですが」

店長がちらりと真央を振り返って、にっこりと笑った。

「今日はこの有名なポスターを作成された、一葉書房の編集さんにも来ていただいているので、せっかくなので一言いただけますか」

サイン会場には、真央の作ったポスターが飾られている。

「ええっ！」

突然のふりに、累の隣に立っていた真央はぎょっとして後ずさった。

編集は裏方であって前に出る存在ではない。真央は慌ててぶんぶんと首を振る。

「いやいや、私なんて……！」

「まぁ、そう言わずに」

だが真央のポスターがバズったのは間違いなく、この場にいる読者の誰もが一度は真央のポスターを目にしている。そして会場内は「えっ、あの人が？」と明るい雰囲気になって、意外にも歓迎ムードである。

「ほら、早く」

北村がニコニコと面白そうに笑いながら背中を押してくる。

「うう……」

もうこうなったら挨拶をするしかない。

真央は軽く咳払いをしてから、パイプ椅子に座っている人たちに向かって頭を下げた。

「こんにちは、ただいまご紹介いただきました、一葉書房の櫻井と申します。思いのたけを詰め込んだだけの宣材が、狂気のポスターだなんて言われて驚いているのですが、ここにいる皆さんと私は似た者同士のはずなので、私の戸惑いもわかっていただけるかと思います」

真央の軽口に、会場がどっと沸く。

（そうだ、ここにいるのは私と同じ、『マオの旅』が大好きな人たちだもんね……怖くない、怖くない……）

強張った肩から力が抜けていく。真央はちらりと累を見下ろしながら、笑顔を作る。

「こうやってまた『マオの旅』を一葉書房からお届けできることになったこと、幸せに思います。今日はお集まりいただき、本当にありがとうございました」

真央が深々と頭を下げると、サイン会の会場が温かい拍手で満ちた。

（とりあえず大丈夫かな……）

無難に挨拶をこなせたようで内心ホッと胸を撫で下ろしていると、

「俺も一言言わせて」

と、椅子に座った累が唐突に立ち上がり口を開いた。

「この十年――。俺は自分のことを、いてもいなくてもいい存在だと思っていました」

突然の累の発言に、それまで盛り上がっていた会場は、一気に水を打ったように静かになった。

「自分の書いた物語が、誰かの心の中に残っているなんて、夢にも思わず、自分の殻に閉じこもっていました」

累の低い声は、マイクをつかなわなくても、はっきりと部屋に響くようだ。

その場にいる誰もが、吸い寄せられるように累を見つめている。

「ですが、また書こうと思えたのは、今ここにいる……皆さんのおかげです」

一息ついたところで、累が目の端で真央を見つめる。

その目に、『あんたもそのひとりだよ』と言われているような気がして、真央は息が詰まりそうになる。じわりと目に涙が浮かんで、慌てて指先でぬぐった。

「俺の書いた物語を好きになってくれてありがとう。六巻も……皆さんの日々の楽しみにしてもらえたら……本当に嬉しいです」

そして累はペコッと頭を下げる。

その瞬間、その場にいたのはたったの五十人だったが、書店内に響き渡るほどの、万雷の拍手が鳴り響いたのだった。

結局累は、長い休憩を取る暇もなく、サインにいそしんだ。ひとりひとりと会話しながら、時折質問に答えつつ、サインを描いて本を手渡ししていると、少しずつ時間が押してしまうのだ。結局最後までほぼ椅子に座りっぱなしだった。

だがＲＵＩに会えた、サインをもらえたと喜ぶ読者たちは皆一様にいい笑顔を浮かべていて、累だけでなく、真央も心から励まされる気分になった。

（あと少しだ……）

気がつけば、最後のグループも残り数人になっていた。これが終わったら、一葉書房で打ち上げだ。準備は葛西や井岡たちがしてくれることになっている。

（そうだ……帰る前に、必要なものがないか聞いておこうかな）

そんなことを考えていると、急にあわただしい足音がして、ひとりのスーツの女性が会場に飛び込んできた。

その人物を見て真央は目を丸くした。

「まっ……正木さん？」

最後の最後に会場に滑り込んできたのは、なんと麒麟出版の正木だったのだ。

売れることが一番の正義で、作家自身ですら犠牲にしてもいい、と堂々と口にする彼女が少し苦手だったが、一方でその手腕を尊敬しているし、純粋にすごいと思っている。複雑な思いを抱いている相手だ。

（なにしに来たんだろう……）

気になった真央は、累の側をそっと離れて、パイプ椅子の最後列に座る正木のもとへ歩み寄る。

「正木さん」

呼びかけると、正木は笑って、手に持っているものを持ち上げた。

「まだ大丈夫よね？」

彼女の手には抽選券と、文桜堂で購入した、サイン用らしい『マオの旅』がある。

「もちろんまだやってますけど……まさかその抽選券……」

以前、ＲＵＩの個人情報を、大きな声では言えないやり方で入手した正木である。まさか転売で買ったのではないかと、疑いの目で見てしまう。

「いやいや、これはちゃんと、自力で申し込んでゲットした抽選券よ。ほら、私の名前書いてあるでしょう」

正木は珍しく慌てたように首を振り、券に記載されている名前をずいっと真央の顔の前に差し出た。確かに『マサキナギサ』と記載されている。

「本当だ。疑ってごめんなさい……」

真央は素直に謝罪の言葉を口にし、正木の隣の椅子に腰を下ろした。

「しかしまぁ、本当に六巻を出させるとはね。驚いたわ」

「別に『出させた』わけじゃないです。先生が『出す』って決意されただけです」

それは謙虚さから出た言葉でも何でもなく、真央の素直な気持ちだった。

編集がいくら言葉を尽くしたところで、書くのは作家だ。

作家が書くと決めたから、物語が生まれる。書かせるために二人羽織《ににんばおり》のように作家の手をつかんでも、編集には物語を紡げない。

「あなたって、本当にガッツがあるのねぇ……」

正木がしみじみとどこか感心したようにつぶやく。

「一葉物産、辞めたくなったらうちに来なさいよ。好待遇で迎えるわよ」

「それは……ありがたいですが、当分なさそうですね」

麒麟出版に好待遇で迎えられるというのは、なかなか魅力的な話だが、真央は笑って首を振る。

「それもそうね」

正木も愉快そうに肩をすくめて、組んでいた足を下ろし、立ち上がった。

ようやく最後の正木の番が来たらしい。

「仕事のことを離れて、純粋な『マオの旅』の一ファンとして……あなたには感謝してるわ」

そして正木はスタスタと累のもとへと向かって行った。

正木がサインを得て会場を出ると、店長と北村が戻ってきて、サイン会は終了となった。

事務所でお茶をごちそうになり、また来月よろしくお願いしますと文桜堂書店をあとにする。

日中降っていた雨は、もう止んでいたが、夕方の五時を過ぎれば、外はもう真っ暗だ。

「そういえば……正木さんとどんな話をしたんですか？」

電車を降り、京橋駅から一葉物産へとぼちぼちと歩きながら、話をする。

「ああ……一巻の初版を持っているので、いつかサインくださいだってさ」

「えっ！　それはすごい……！」

初版三千部の一巻をいまだに大事に持っているとしたら、彼女は本当に『マオの旅』のファンだったのだろう。そしてファンだからこそ、十年の節目に声をかけてきたのかもしれない。

「そう思うと、途端に仲良くできそうな気がしてきます」

真央がまじめな顔で言うと、累が笑った。

「お前は本当にお人よしだな」

「そんなことないですよ。普通に……私だってダメダメで、人としていやらしいところ、いっぱいありますよ」

それは紛れもない真央の本心だ。

たとえば、仕事の関係以上の思いを、累に相変わらず抱いていること――。

真央は必死で隠してはいるが、自分の心の中でだけは、当分なかったことにするつもりはなかった。

「ふぅん……」

累がなにか言いたげにそんな真央を見つめたが、真央はその視線に気づかなかった。

土曜日の一葉物産は、正面玄関は開いていない。

「こっちです」

ビルの裏手に回り、社員証のセキュリティキーを使って鍵を開ける。

「一葉書房でみんなが待ってますからね」

「ああ……」

累はうなずきながら、裏口から入った一葉物産を興味深そうに眺める。

人のいないオフィスはとても静かで、普段騒がしい分、まるで異世界のような不思議な空気だ。

エントランスでエレベーターの呼び出しボタンを押し、隣の累を見上げる。

「でも……ほんとにあの作業スペースでの打ち上げで、よかったんですか?」

おそらく今会場には、デリバリーの料理やコンビニで買ったお菓子が並べられているはずだ。

少なくとも自分たちは、累が望む場所で――たとえばそれなりのレストランでお祝いを兼ねた場を設けるつもりだったのだが、累に断られてしまったのだ。

「あそこでいい」

「お寿司……」

「あんたが食べたかっただけじゃないか」

「そうとも言います」

真央がふふっと笑うと同時に、エレベーターの扉が開く。足を一歩踏み出そうとしたところで、中から長身の男が出てきた。

「あっ、社長」

「──ああ、サイン会の帰りか」

柳澤は持っていたスマホをスーツの内ポケットに仕舞って、累と真央を見比べる。

そして急にビジネスマンの顔になり、流れるような作業で名刺を累に向かって差し出した。

「初めまして。柳澤と申します」

「どうも」

累は名刺を受け取ったが、見もせずジャケットのポケットに突っ込む。

相変らずの塩対応だが、受け取っただけマシだと思う自分は毒されているのだろうか。

そして当の柳澤もさして気にしていないようだった。

「えっと……社長は打ち上げには参加されないんですか?」

「それ、本気で言ってるのか」

柳澤が怪訝そうに眉を寄せる。

「わりと……はい。やはり社長の一言がきっかけだったので。やはりここは来ていただくべきだったんじゃないかって」

「予定が詰まっている」

「ですよね……」

土曜日の今日も出勤して仕事をしていたようだし、いきなり言われて打ち上げに参加できるほど暇ではないのだろう。

（前もっていえばよかったかな……）

しゅんとしおれた瞬間、柳澤はポンと真央の肩を叩いて、

「だが、よくやった。以前の私の言葉は、正式に撤回しよう。そしてＲＵＩ先生、今後ともよろしくお願いいたします」

と言い、そのままあわただしく、裏口へと向かって行った。

「褒められた……」

少し信じられないが、社長によくやったと言われた瞬間、喜びの感情が真央を包んだ。

ようやく社長に認められたのだ。

「あっ……ありがとうございますっ……」

真央は深々と頭を下げる。

「おい、待て。撤回って、なんのことだ」

黙って話を聞いていた累が、ぽつりとつぶやいた。

「あっ」

真央はしまったと両手で口元を覆ったが、もう遅かった。

「えっと……実は……ですねぇ……」


それから一葉書房のエントランスの柱の影で、真央が一葉書房がなくなる危機だったことを告げると、累は盛大なため息をついた。

「なぜ、言わなかったんだ」

「だって……あなたが書いてくれないと職場がなくなるなんて、こっちの都合ですよ。累さんには関係ないことです。言えるはずないじゃないですか」

「──お前な」

急に低い声がして、目の前が暗くなる。

「はい？」

顔を上げると、累の両手がドンッと真央の顔の横に押し当てられて、距離が信じられないくらい近くなっていた。

「ちっ……近いですけど……っ？」

「キスするために、近づいてるんだよ」

累は少し長めの黒髪の奥から、甘く瞳をきらめかせて顔を近づける。

「キッ、キスゥ⁉　いやいやちょっ、ちょっと……待って……！」

「待たないね」

ああ言えばこう言う。累は長いまつ毛を伏せながら、頬を傾けゆっくりと真央の額にキスをした。

前髪の隙間から触れる累の唇はやわらかく、温かかった。

「え……？」

「関係ないなんて、言うなよ。俺だって……頼られたいんだぞ」

「――なんなんだよ、お前。俺のこと、ずっと好きでいろよ。簡単に諦めるな」

吐息が触れてくすぐったい。

自分は振られたのではなかったのか。なぜキスをされているのか、まったくわからない。

アワアワと震えながら、累の胸を両手で押し返そうとしたが、びくともしなかった。

「るっ、累さんっ、なんで……」

「なんでもへったくれもあるか。俺はわりと面倒な性格なんだ。わかれ」

「えっ……ええっ？」

真央は目を白黒させて、累を見上げる。

いきなり『わかれ』と言われても、わからない。

ぽかんとしていると、累はひどく不機嫌そうに眉根を寄せて、早口で言い募る。

「俺は人に好かれるタイプじゃない。そんなのはわかってる。だからずっと人付き合いも避けて生きてきた。なのにお前は最初っから最後まで全然遠慮なしにグイグイくるし、人の心の中に踏み込んでくる……。日に日にあんたの存在は大きくなって、無視しようにも全然、できなくなってた」

「……累さん」

「お前、編集だからって遠慮しようとしてたよな」

「それは……そうですけど」

「だけど編集のお前くらい、俺をまるごと愛してくれなきゃ困る」

「は？」

累は回りくどい。だがその回りくどさが、今の混乱した真央にはちょうど考える時間を与えてくれるようだ。

「それは、その……」

真央は息をのみ、累を見上げる。

もしかして彼を好きでいてもいいのだろうか。諦めなくてもいいのだろうか。自分は編集者だけれども、作家である彼を好きだというこの恋心を、捨てなくてもいいのだろうか。

あまりにも自分に都合のいい感情のような気がして、言葉にならない。

「編集が作家を好きになってまずいのなら、俺はどうなんだ。俺はお前の全力の仕事ぶりを見て、お前を好きになったんだ。だったら俺の恋は間違っているのか？」

累がまっすぐに自分を見る目は、なんとも情熱的な光をたたえているように見えて――。


好きだ、好きだと思う気持ちが、どんどん溢れてくる。

目の前にいるはずの累の輪郭がじんわりとにじんで見えた。

「恋って……そんな、累さん、私……」

恋なら、真央だってしていた。

ずっと累が好きだった。

彼に向かってもう一度、思いを告げようとした瞬間、

「あっ……んっ……」

累の大きな手が真央の頬を挟んで、唇がふさがれる。

いつも冷たいと思っていた累の手は、びっくりするくらい熱かった。

（キス……優しい……）

強引なくせに、口づけは甘く柔らかい。真央は累に強く求められていることを感じて、

胸がいっぱいになる。

彼の編集として側にいられるのならそれでいい、仕事で一番のパートナーになるんだと自分に必死に言い聞かせていた、この数か月の真央の苦悩が、泡のように消えていく。

（累さんが好き……！）

累の胸を押し返していた真央の手から、力が抜けた。その感触が累に伝わったのだろう。顔を挟んでいた手がゆっくりと真央の背中に回っていく。

「──真央」

久しぶりに名前を呼ばれた。耳元に彼の吐息が触れる。

「好きだ」

それはたった三文字の……けれど一番欲しい言葉だった。

真央だって本当はずっと言いたかった。

「わっ……私も、累さんが好きです……ずっとずっと……大好きです」

真央は両腕を必死に伸ばして、累の背中に腕を回した。

「全部、全部まるごと、累さんが好きです！」

彼の作品も、どこか人とはずれた天然っぽいところも、猫が好きなところも、言葉足らずだけれど雄弁な目も、意外に甘えてくるスキンシップも。みんなみんな、大好きで、愛おしかった。

累の手が、真央の後頭部を撫でる。ぎゅっと抱き合うと、心まで温かくなっていく。

真央の目に浮かんだ涙は、累のシャツが吸い取ってしまった。

しばらくそうやって抱き合っていると、真央がポケットに入れていたスマホが、ブルブルと震えて着信を知らせる。おそらく、葛西か井岡かが、時間になっても現れないふたりを心配して、連絡をしてきたのだろう。だが今はまだ取る気にはなれなかった。

（ごめんなさい……）

心の中で謝りながら、真央はもう少し、累とこうしていたかった。

「――覚悟しろ。これからもずっと、俺に惚れ続けさせてやる」

甘い累の唇が、真央のこめかみにキスをする。

それは累が作家として生きる決意をした言葉だったのかもしれない。


『マオの旅』第六巻は、一部界隈に熱狂を持って販売されることになった。

そして初版十万部は、発売日に即品薄になり大量重版がかかることになる。

真央の編集者として、累の作家としてここから新しい一歩を踏み出したのだった。

END

本書は書き下ろしです。

SKYHIGH文庫

SH-051

俺《おれ》サマ作家《さっか》に書《か》かせるのがお仕事《しごと》です!

2020年6月25日　第一刷発行

著者　あさぎ千夜春《ちよはる》
発行者　日向晶
編集　株式会社メディアソフト
〒110-0016
東京都台東区台東4-27-5
TEL：03-5688-3510（代表）/ FAX：03-5688-3512
http://www.media-soft.biz/
発行　株式会社三交社
〒110-0016
東京都台東区台東4-20-9　大仙柴田ビル2階
TEL：03-5826-4424 / FAX：03-5826-4425
http://www.sanko-sha.com/

印刷　中央精版印刷株式会社
カバーデザイン　岡本歌織（next door design）
組版　松元千春
編集者　長谷川三希子（株式会社メディアソフト）

ISBN 978-4-8155-3522-3

SKYHIGH文庫公式サイト　◀著者&イラストレーターあとがき公開中！
http://skyhigh.media-soft.jp/